中国作家协会会员，中国诗歌学会会员。文学创作二级。业余从事诗歌创作，作品散见于《民族文学》《飞天》《广西文学》《草地》《红豆》等杂志及网络媒体，出版诗集《青枫树》《苞谷花》《太阳河》。

还原，让过往成就未来

——郭金世诗集《青瓦诀》序

王　冰

　　郭金世先生是我在广西民大读书时的老师，他还是广西仫佬族中的代表性作家之一。作为广西十二个世居民族中人口最少的仫佬族作家，他对文学的热爱以及他的创作精神是难能可贵的。在他身上，我看到了一种民族的责任感与自豪感，同时也看到了一个文学爱好者对文学的坚守与努力。前几年他连续出版了《青枫树》《苞谷花》《太阳河》三本诗集。最近他说又要出另外一本诗集《青瓦诀》，且邀我写序。我记得他在第一本诗集《青枫树》的后记中这样写道："诗歌是可以还原一切的，故乡、亲人、爱情……这一切的一切，都可以淋漓尽致地还原。"这或许是他写诗的原动力吧。

　　自古以来，诗歌以其独特的艺术魅力，吸引无数人为之陶醉。"床前明月光，疑是地上霜"的宁静，"白日依山尽，黄河入海流"的壮阔，"独在异乡为异客，每逢佳节倍思亲"的深情，"飞流直下三千尺，疑是银河落九天"的豪放，"国破山河在，城春草木深"的悲情，"离离原上草，一岁一枯荣"的哲理，"人生得意须尽欢，莫使金樽空对月"的豪情。这就是诗歌的魅力。

在我看来，诗歌是一种抒发情感、表达思想和哲理的艺术形式。它可以让我们感受到作者内心的世界，也可以让我们思考和感悟人生。古诗词也好，现代诗也罢，诗歌以其独特的语言艺术，让我们感受到生活的美好，也让我们认识到生活的艰难。诗歌，是我们的精神食粮，是我们的灵魂寄托，是我们生活中的一道亮光，是我们心灵的一片慰藉。我们应该珍惜诗歌，热爱诗歌，在诗歌中找到自己的位置，用诗歌来表达自己的情感和思想。

郭金世的《青瓦诀》，不仅是一本诗集，更是一扇心灵的窗户，一段段情感以及一种精神的寄托。诗集分为三辑，共收录他近两年来所写的171首诗，主要是通过一些事或物来表达作者的思想感情。第一辑"旧器物"，以一些被时光淘汰的旧器物作为诗歌意象，还原一个时代的情感和意义；第二辑"忆过往"，通过回想过去的一些人、事，以这些事情即诗意，抒发作者感情；第三辑"那些痛"，通过自己、家人甚至社会所承受的一些痛苦的书写，表达作者对生活与人情世故的感悟。这些诗歌，情感丰富、意象鲜明、意蕴深远，蕴含作者深刻的思考和独特的情感体验：

第一，《青瓦诀》具有深刻的思想内涵。作者以独特的视角，对生活、自然、人生等进行深入的挖掘和思考，通过诗歌这一艺术形式展现内心深处的情感和思想，犹如一扇窗，既可以让读者感受到情感温度，也可以引发读者对自己内心世界的探索与思考。

诗集中的很多诗句都充满丰富的意象和深刻的哲理。
"时光走走停停，过时的物件成为历史摆设／转过背，一
切又似乎才刚刚开始／风吹来春天，大地依然焕发新绿
／世间万物，没有结下一颗被灵魂遗弃的果子"（《旧器物》）。
在生活的漫长旅程中，每个人都有属于自己的点滴瞬间。
这瞬间或许微不足道，却蕴含生活的美好。正是这些美好，
让我们的生活充满色彩，让我们对未来充满期待。正是作
者敏锐捕捉到的这些美好瞬间，并以诗歌的形式传递给读
者，让读者也能感受到生活中的美好。作者用心观察一切，
关注生活中的点点滴滴，感受生活的喜怒哀乐。"身高约
一尺，用一节蛮竹做成／刨光外表一层青皮，露出泛黄色
泽／打磨圆润，拿在手上一点都不滑／一件度量家人一日
三餐的容器"（《米筒》）。在作者笔下，这些生活现象仿佛
就在读者眼前发生。读者阅读诗歌时，也能感受到这些美
好，仿佛亲身经历那一瞬间。诗歌的力量在于它能触动人
们内心深处的情感，让人们在忙碌的生活中找到一丝宁静，
在平淡的生活中感受到一丝甜蜜。诗歌是一种独特的艺术
形式，它不需要华丽的辞藻，也不需要复杂的结构，只需
要真挚的情感和敏锐的观察，让瞬间的美好在时间的流逝
中永不褪色，在人们的心中永远流传，像一颗颗明亮的星
星，照亮了人们的生活，感受到生活的美好。"世间万物，
没有结下一颗被灵魂遗弃的果子""一件度量家人一日三
餐的容器"，既是对生活的记录，也是对生活的升华和解读，

引发读者的共鸣和思考，从而得到思想启迪和精神满足。

　　作者对自然主题的探索和思考，也让读者对自然有了更深入的认识和感悟。"一场雨铺天盖地，稀里哗啦的 / 被雨水充分淋透的人也顺势而为 / 狠狠地倒满一碗苞谷酒，一饮而尽 / 把一场雨摁进身体里，把一条河流深藏人间 // 一场雨被风拦腰折断，渐渐停止 / 犹如飞扬的尘埃掉进泥土里，回归家园 / 也犹如雨滴变成水蒸气，还原本真 / 一些人被雨淋湿透之后，原形毕露"（《淋过的雨》）。在这个快节奏的社会，人们往往被琐碎的事物牵绊，忽略身边自然景观的美丽。正是基于对这种美的感悟，作者把对自然景观的描绘变成充满诗情画意的诗歌来展现，传递人与自然和谐共生的理念。作者不仅描绘自然景观的视觉美，还通过听觉、嗅觉、触觉等，让读者仿佛身临其境，感受到自然的无穷魅力。人类是自然的一部分，人类生活离不开自然的馈赠，人类应该珍惜自然，尊重自然的发展规律，与自然相互依存、与自然和谐共生，人类家园才能更加美好，人类社会才能实现可持续发展。

　　作者还对人生主题进行深入挖掘。通过对人生的思考，揭示人生的真谛和价值。"时光，对于世间万物绝对公平 / 不多也不少，没有偏爱一山一水 / 冰冷的阴霾暂时来大地上走一回 / 生活回归，生老病死，人生常态"（《那些年月》）。这些诗歌如同一面镜子，映照出人生的酸甜苦辣，既是作者对生活的深刻反思，也是对人生哲理的独特感悟。每一首都蕴含丰富的情感，让读者在阅读中不禁陷入沉思，品味出生活的真谛。作者对人生的感悟跃然纸上，那些锅碗瓢盆、花草树木、山水田园、生老病死都充满生机。通过诗歌传达对生活、对美好的追求，这些作品犹如一盏明灯，照亮读者前行的道路，让读者感受到人生的价值，帮助读者审视自己的生活，感悟人生的真谛，热爱生命，感受人生的美好与意义。

第二，《青瓦诀》具有独特的艺术价值。作者运用丰富的修辞手法，使诗歌语言生动形象，富有画面感和节奏感。同时，作者还注重诗歌的形式美，整部诗集大多都是十六行诗，短小精悍，且意象丰富，使诗歌具有视觉和听觉的双重美感。这些特点，使《青瓦诀》成为一部具有独特艺术价值的文学作品。

诗集中的很多都充满作者对生活的热爱和对美的追求。作者以其独特的视角和深刻的洞察力，将自己对生活的点滴感悟以诗歌形式表达出来，不仅是对生活的记录，更是对生活的赞美。"石匠手艺了得，精心雕琢磨盘上的牙齿／浅浅的沟壑，相互交错着背道而驰／只要有苞谷籽或其他五谷杂粮掉进嘴里／剩下粉末跟随磨盘旋转而吐露一地光阴"（《石磨》）。这些诗歌充满了对生活的热爱和对人性的关怀，让读者受到生活的美好并在心头绽放。同时，作者用诗歌关注社会现象，关注人与人之间的关系，关注人与自然的关系，这种独特思维方式，使其诗歌充满创意和想象力。作者运用丰富的意象和比喻，将抽象的思想和情感具象化，使读者更加直观地感受到作者的思想和情感。"灵魂被一朵云代替，正是曾经拽在手上的／那朵云飘过天空。一匹马驮起云朵摇摇欲坠／悬挂着喉咙有限的辽阔，哮喘还在延续／隐忍疼痛，走不出一朵云围堵的瘦小年月"（《隐忍》）。这样的诗歌既有深度又富有艺术性，读者既能感受到生活的美好，又能欣赏到诗歌的艺术之美。作者的诗歌不仅是一种艺术形式，更是一种生活态度的体现，让读者在阅读的过程中思考生活的意义，体验到生活的丰富性和多样性。诗歌中的语言优美动人，如同一幅幅画卷，将读者带进作者所描绘的诗意世界。

作者还注重诗歌的形式美和诗歌的音韵美。每一首诗歌都呈现出独特的视觉效果，读者阅读时，心里产生一种清晰的画面感，从而更好地沉浸于诗歌的世界里。在听觉方面，诗歌富有韵律和节奏，使诗歌具有音乐般的韵律感，让读者在阅读诗歌过程中感受到音节的起伏和节奏的变换，并产生心情愉悦的体验。诗集还注重诗歌的内涵表达，通过阅读，使得诗歌的意象、情感和思想更加深入人心，读者能够更好地理解和感悟作者所要传达的主题和情感，也可以更好地欣赏到诗歌的魅力，感受到作者的情感和智慧。

第三，《青瓦诀》具有浓厚的人文情怀。作者关注人的命运，关注社会现实，关注个体的情感体验，用诗歌形式表达对人生、人性以及社会的深刻思考和关怀。在诗集中，作者以其独特的视角和细腻的笔触，描绘生活的丰富多彩和人性的复杂多变，关注个体的情感世界，深入挖掘人的喜怒哀乐，并将这些情感表达得淋漓尽致。在诗句中可以看到作者对个体情感的细腻描绘，让读者感受到亲情的温暖、友情的珍贵以及生活中的点滴幸福和挫折。这种对个体情感的关注，使这部诗集充满温度，让读者从中找到共鸣，感受到人性的真挚。作者还对社会现象进行深刻的反思，揭示现实生活中的种种问题。这种关注人类命运的情怀，让这部诗集具有更深层次的意义，使读者深入思考自己的人生和价值，也深刻体会到作者的人文情怀和社会责任感，激发读者的情感和思考，引导读者关注生活、关注人性、关注社会，从而更好地理解自己和这个世界。例如诗集中的《魂归何处》就充分地体现了浓厚的人文情怀：

一阵飞机轰鸣声呼啸而过

瓦砾四溅，人间一片废墟

亲人毫无踪影，一个小女孩没有哭喊

愤怒，没有疼痛的目光灼伤医生的手

暖心安慰也无济于事。内伤严重

小女孩离开人间，目光依然坚毅

像暴风骤雨那样，一阵炮弹轰炸
活着的人毫无方向地奔跑
一个小女孩抱着弟弟的奶粉罐
挤在人群中，一切事物慌乱如麻
"他们炸毁了我们的房子"
"怎——么——办——？"
"我们逃离，我们不知道要去哪里？"

魂归何处？何处又是何处？
人间或天堂抑或地狱？唉……
那些老人或小孩真的无能为力

难道一切都是归于无能为力吗？
世界如此沉默

当前世界之大变局，给世界和平道路带来很多不确定因素。《魂归何处》通过巴以战争中的两个小片段，用20行诗句的形式，反映战争的残酷性和非人道性，以及对平民百姓的巨大伤害。第一节描述的是"一阵飞机轰鸣声呼啸而过"之后，地面上被炸弹炸得到处"瓦砾四溅""一片废墟"，废墟中的"一个小女孩没有哭喊"，只有愤怒的眼神，因为"内伤严重"，医生也无法挽救她的生命，"小女孩离开人间，目光依然坚毅"，这种"死不瞑目"的情形是何等的残忍与愤恨？第二节描述的是"一阵炮弹轰炸"之后，平民百姓在慌乱中"毫无方向地奔跑"，"一个小女孩抱着弟弟的奶粉罐""挤在人群中"一边哭一边喊"他们炸毁了我们的房子""怎——么——办——？""我们逃离，我们不知道要去哪里？"连续三个问号的呐喊令人撕心裂肺，同时也喊出了战争的残酷。第三节作者用了三个问号询问人类命运的悲剧性，"魂归何处？何处又是何处？""人间或天堂抑或地狱？"战争对于"那些老人或小孩真的无能为力"。第四节话锋一转，"难道一切都是归于无能为力吗？／世界如此沉默"，作者以自问自答的方式，用两句诗作为结束，质问那些亲自发动战争或在背后指使战争的政客们，难道为了一己私欲就罔顾平民百姓的生死吗？为什么人类社会发展至今还不能和平相处？人类文明的发展何去何从？

这首诗蕴含深刻的思想内涵。不仅仅是对战争现实、人物情感体验的描述，更是在这些描述中融入作者对人类命运与社会现实的深刻思考。这首诗歌探讨人类存在的意义、人生的无常和变幻，或是对战争与人类生存关系的反思，这些思想内涵使得诗歌赋予文学作品更加深刻的哲学思考。同时，这首诗歌语言生动形象，富有画面感和节奏感，字里行间透露出作者对语言的极致追求。通过精准的用词和句式结构，使得这首诗像是一幅精美的画作，令人回味无穷。这首诗歌充分体现浓厚的人文情怀，作者对人性、人情、人生百态有着深刻的理解和关怀。作者关注战争的残酷、百姓的苦难，对生活中的美好事物和真挚情感充满热爱和珍惜。这种人文情怀不仅使诗歌具有浓厚的文化底蕴，也使诗歌成为人类情感的寄托和共鸣的载体。

　　总的来说，《青瓦诀》不仅是一部难得的文学作品，更是一份丰富的精神食粮，可以滋养读者的心灵，引发人们对生活与人生的思考。1987年诺贝尔文学奖获得者、美国诗人约瑟夫·布罗茨基说："诗歌是人类记忆的表达。"诗集中，无论是"旧器物"中的那些过时了的生活器物，还是"忆过往"中的那些往日旧事，抑或是"那些痛"中的所有疼痛，在作者看来统统都属于"过往"，但这些"过往"的事物让作者想忘又忘不掉，最终成为心中永恒的记忆。于是，作者极力用诗歌的形式把这些"过往"一个个还原出来，展现了作者对过去时光的怀念、对现实生活的感慨，以及怀有些许美好的期盼。

　　是为序。

2024 年 10 月于北京

目
录

第一辑　旧器物

第三辑　那些痛

第一辑

旧器物

酒　壶

在火塘边，酒壶的位置总是不可或缺
从左往右转，或者从右往左转
碰上落空的酒碗，酒壶就停下脚步
时光流逝，远行的人还是会喝上一壶

剩下的事物，不过是一些心甘情愿
装满的岁月，被一个人带进夜色深处
没有任何流言蜚语，飘浮在风中
回忆苞谷酒的碧波荡漾，酒碗摇晃

酒壶的骨髓沉淀着苞谷酒日久的分量
不为别的，只为自己的梦醉倒
这是不争的事实，拿捏的人走了以后
没有流下一滴眼泪唤醒荒芜的酒瘾

省吃俭用，积攒的日子一个个蒸发
剩下的是满腹牢骚与风月，只因为
一个人掏空了黄昏和夜色，留下
一把酒壶，装满人世间荒唐的虚无

算　盘

发明的人怎么也不会想到
千百年之后的事物到底长成什么样
死亡或者变异，用一个简单的物件
记住人间杂乱无章的数字，井然有序

一只粗糙的右手弹拨珠子的时候
很想留一个位置给主人停靠灵魂
哪怕是个位数也好，十位数是不可想象的
那个年代，主人绝对没有弄虚作假的念头

即使一个世界混迹成一个荒原
主人的心也是装瞒足够的纯真与无私
偶尔弹错一颗珠子，也会立即恢复原位
一个人没有了私心杂念，一切皆可重来

算盘也是一样，已经被遗忘了很久
一件老物件，时光脱落了一层又一层
因为没有任何私心杂念，至今依然
衰老的灵魂保持那份与生俱来的纯粹

烟　斗

含在嘴里的酸甜苦辣，只需要
一袋烟的工夫，朗朗乾坤
疲惫、痛苦以及一草一木的忧伤
没有什么事物可以阻止烟瘾燃烧

斑驳的锈迹，渐渐脱落一个世界
在窗台上，静静地躺着
风化了的色泽穿过世间万物
匆匆逃离火塘边的喧哗

唯一可以拿得出手的证词
修饰了一年又一年，时光隐含
一个逝去的人遗留的唇印
牢牢地粘贴在岁月的边缘

很深刻，似乎当年的温度依然
在夜色中啄食一个寨子的故事
或者，一段算不上恩爱的爱情
灵魂还在，只是少了些人间烟火

石 槽

一

积攒百年尘土的石槽，把岁月的光斑
投影在槽壁上，布满没有起点或终点的纹路
曾经的千军万马在其中奔腾，穿越
黄沙的影子你追我赶，很多已经散落在风里

时间总是晃晃悠悠的，诱惑人间
想起古老的仡佬寨，有多少男人和多少马匹
醉倒在时间穿梭的石板路上，接踵而来的
一个个人或一匹匹马消失，无影无踪

留下老旧的石槽，比起槽壁上的时光
更值得怀旧，如果把石槽搬到晒台上
男人们用苞谷酒冲洗无数落日的寨子
有光有影，还有马背上滚落铿锵的马蹄声

每个人看见这老旧的石槽都会盘算着
内心的日子，到底还能收割多少人间万物
或者骑上一匹马奔跑于永恒的凡尘
石槽里的盘缠足够喂养奔腾万里的群马

二

时至今日，再也没有什么值得埋怨
空空的肚子，有时降落雨水的敲打声
引来几只飞蛾，散落在水中的倒影
一切如故，石槽的旷野没有必要修饰

只能在门前院坝等着，时光从身上
顺风滑落，一些华而不实的光影
走走停停，走的是年轮，留的是尘土
但凡来过人间的，都是难得的交情

仡佬寨盘算太久，万事万物恰到好处
来来往往的人，或者鸡鸭牛羊猪马狗
至亲食客，喂过的草粮，喂过的盐水
它们身体里种下石槽储藏的千山万水

昼夜交替，石槽对时光许下唯一誓言
从一块坚强的石头变成一尊神器
人间辗转喂养，一代又一代家禽牲畜
身体被掏空，也是永不变色的石头

筛　子

被遗弃在时光的荒原，一生走过的旅途
落成一地苍茫，需要多少筛选的尘埃
填补那些没有漏洞的内心，如果选出
时光的粗细与优劣，忽略了筛子的命运

很多时光还在人间流连忘返
包括万事万物和那些抚摸冷暖的季节
悬在半空的时候，与泥土的气息相约
落下来就生根发芽，一切如此新鲜娇嫩

一切生命都是短暂的，犹如一道闪电
完成时光交代的使命，筛子与自己和解
默认万物皆有始有终，路途远近不同
时光洗刷之后越来越单薄而透明

以后的事情就是等待，在不久的将来
曾经被自己筛选过的尘埃，一层一层地
吞噬自己，在一年四季的轮回当中
渐渐消失，包括所有的记忆也无迹可寻

马 灯

没有奢侈，最简单就是最好的年月
曾经走过千山万水，一团光晕铺平无数归途
风沙雪夜、四季捶打过后遗留下来的马灯
一个朝代的记忆，在时光漫步的墙上瞌睡

失去一段叫作洋油的岁月，油光散发灯火
夜间的帷幕擦亮灯芯，晃晃悠悠的
黑色的眼睛与灯光挤兑，人间留下很多怀想
赶路人的征途如此光明，一心朝前迈越

照亮山河，照耀风雨兼程，与风相遇
灵魂摇动夜色，那么轻盈那么坚强
透明的玻璃罩，捂住时光跳动的心
一团团黑色的云朵坠落在赶路人身后的深渊

夜幕掩埋大地，马灯如同生命中的救星
弥漫的光晕，悄无声息地抚慰万事万物
肆意擦亮的地方，没有莫名的昏暗
马灯，珍藏了人间即将遗忘的千山万水

逝者的酒碗

在这间房子，唯一抓住逝者背影
一个酒碗，一闪而过的日子
装满苞谷酒，也装满生活的酸甜苦辣
喜怒哀乐的人间褪去颜色，新生的样子

如今安放在神台上，不指望有任何言语
苞谷酒倒进去，敬天敬地敬远去的先祖
一生嗜酒如命的人，不指望有任何言语
算了吧，万事万物如同一样虚无倒进去

所有的一切，包括忧伤与怜悯装进酒碗
无论如何，终究是倒不出来的了，除非
除非把肚子里的苦水腾空，一干二净
逝者的遗言成为一种仪式，于是万物有灵

酒碗的底色长满斑驳，像逝者的生活
或许很久没有喝苞谷酒了，碗底荒芜
变成坟场。看见酒碗就看见逝者的背影
还有大段大段的酒话，而且善始善终

木　瓢

时光隐藏的秘密，已经无法追溯
根源，在于一根泡桐树生长之后
成就自身固有的价值，最值得拥有
脱胎换骨的仪式省略流言蜚语的烦恼

历经一个个朝代，也一次次洗心革面
搁浅，始终与水为伴，放逐缥缈人生
喜欢捕风捉影，风中的闲言，影中的背影
命中注定，被时光淘汰，与水绝缘

褶皱干枯，不得不承受两种虚无的事实
一种是从万水千山中流进身体里的河流
一种是从万事万物中滞留身体里的尘埃
虚也好，无也罢，事实是必然的世事

尘埃越积越厚重，河流不知流向何方
尘埃漂泊于河流中的痕迹镶嵌在瓢底
斗转星移，只有自我肯定还是一把木瓢
人间岁月，有着前世今生的木质特性

铜　鼓

只有通过捶打，才能荡涤古老的回声
斗转星移，日月轮回，见证来来往往
人世间的传说，落满一地锈迹斑驳
一声轰鸣撞碎时空的宁静，遍地荒芜

铜矿在烈火中燃烧，熔化所有精华
流溢在事先拿捏好的模具里
一种花纹，一种图案，凝聚一种信仰
生产生活，草木兴衰，尽收眼底

曾经装满一条沸腾的河流，延续一个族群
繁衍生息。如今房门紧闭，再也无人把持
一阵风轻轻划过，满腹经纶闷声作响
脆弱的神话传说，或者痛苦与忧伤

偶尔有人记录，捡起失落久远的叙事
一面铜鼓布满青苔，孤独地悬挂在墙上
等待时光的风声翻阅，铜鼓的皮肤
依稀泛起一层层历史钩沉的色泽

八仙桌

在人世间，一蔸树和人一样生活
一样成长，一样衰老，一样的风雨
经受昼夜交替与生死轮回，亘古不变
除了快与慢，命运没有其他任何区别

一蔸树，从生长到拼接成八仙桌之前
在世俗眼中依然是寰宇中的一粒尘埃
历经木匠粗糙的双手打磨以及风吹日晒
所有纹理充满世俗烟火与生存哲学

承担无数红白喜事之后满身伤痕，骨架依旧
但不能从屋檐下摊平星空，摊平人间冷暖
粗茶淡饭的生活在肩膀上奏响锅碗瓢盆的乐章
祖辈的训诫流传至今，与桌面上的教化有关

方方正正，端庄稳重，像仡佬寨厚道之人
淳朴、踏实、靠谱，一旦摆开架势迎接
八方来客，都是祝寿、娶亲嫁女、丧葬大事
一桌规矩，尽显主人款待七里八乡的礼仪

老　屋

土墙倾斜符合时光沉淀的常理，木柱与方条
房梁与灵魂被人间烬火熏烤的锈迹很幸运
风吹雨打日晒，瓦片终究成就历史的隐忍
所有留存的颜色是方便后来者辨认的胎记

墙上的皱纹布满主人传给后辈的金科玉律
摇摇欲坠的姿势并没有削弱一生的感召力
起茧的过往牢牢篆刻在干枯的皮肤上
保持权力象征，谱写所有者不可侵犯的宣言

斗转星移，命中注定的"老"字令人敬畏
历经风雨飘摇也从未轻言倒下，目睹
来来往往的人，一个又一个诞生抑或逝世
流下泪水凝结万事万物生存的理想与意义

顺理成章传承一个家族赓续血脉的基因
描述的风景啊，展现在世人眼前的是历史
隐藏在泥土里的是流落人间的亲人
守护老屋，守护一种刻骨铭心的信念

木　耙

悬挂在房梁上，一把老旧的木耙
不再匍匐太阳河畔，梳理平整
辽阔的原野，依然在山与山之间
没有一片土地丢失灵魂，或被太阳翻晒

风声，吞噬房梁渐渐枯涸的骨髓
木耙的记忆越来越脆弱，不再闪闪发光
吊在房梁上，岁月的灰尘默默地掩埋
一些闲言碎语，再也没有什么冷嘲热讽

皮肤衰老的色泽散布在房前屋后
像太阳河畔的黄昏一样忧伤
除了一头牛还对木耙产生怀旧、怜悯
没有谁想起木耙在人间梳理每一寸土地

房梁是安放灵魂的圣地，稳稳当当的
岁月的忙碌依然在山水间来回奔跑
使用木耙的人一个个在木耙的视域摇晃
仿佛时光并没有带走人间的万事万物

石水缸

从此关闭一条河流，打捞岁月
沉淀的伤感，一阵风雨之后
突然想起人世间的万事万物
全部被雨水带走，干干净净的

一条河流渗进泥土，深深的记忆
滋养苞谷地盛产的苞谷或苞谷酒
流动的时光，在一条河流之上放歌
尘埃落定，世道轮回的结局不可逆转

水龙头或水柜装不下石水缸笨拙的躯壳
经过多年风吹日晒，满目苍凉
石头的本性闲得发慌，在屋檐下祈福
一场雨水一个季节，露出青苔的背影

日月堆积的锈迹淹没石水缸的希望
转眼间，失去了打捞人情世故的力量
摆出一副与世无争的姿态，静静地看着
一条河流在眼前奔腾，飞来飞去的世界

银　簪

久不久被翻出来，晒在手板心上
闪耀岁月的冷光，慢慢回忆过往
穿越乌黑的秀发，宛如流星划过天际
一晃之后，留下满头孤独而沧桑的白

过去用来盘卷头发，现在用来收藏往事
或者用作装饰，逝去的人遗留的信物
喜欢也好，不喜欢也罢，注定睹物思人
斗转星移，银簪依旧熠熠生辉

精致的手艺，见证匠人的辛勤汗水
细腻的花纹，记录爱情行走的痕迹
银簪，是人与人之间刻骨铭心的象征
也诉说一个山村女子典雅的风月

离世的人渐行渐远，还没有走的人
也终将会走，只有银簪永葆信物本色
承载一段微不足道的历史叙事
流落人间，抑或化作尘土，轻描淡写

菩萨树

在一代又一代仡佬人眼里，见证
百年迁徙史，勾勒树皮纹理的走向
凝固皱巴巴的记忆，已经无法遗忘
一群仡佬人对祖先的虔诚与敬仰

孤独，冷静。一次次风雨试图摧残
一蔸菩萨树的挺拔。一个短暂的季节
仡佬人把不同的时光捏在手上，同样的
日子来回翻新谷物、香火以及鸡鸭牛羊

来来往往的主持：永不改变的大房长子
在菩萨树下点燃三炷香，很多人听不懂
主持说什么，很多人听得见菩萨树的声音
护佑仡佬人人丁兴旺，风调雨顺，谷物满仓

一蔸菩萨树历经百年风雨，依然葱郁
一个主持走了，他的长子接着主持
一颗苞谷籽落地，一坛苞谷酒沸腾人间
一次仡佬人迁徙，一代代血脉赓续不变

苞谷秆

不是每个仡佬人都有一个绿色的春天
不是每个春天的手掌都长出苞谷籽
不是每颗苞谷籽都能孕育嫩芽
春风拂过之后，葱郁染遍太阳河畔

仡佬人相信，人间总会有一根苞谷秆
掏出苞谷籽的灵魂，像一道瘦小的黄昏
手持灯盏点亮身后的星光，服侍仡佬人
穿越辽阔的夜空，收获灿烂的阳光

苞谷秆枯萎过程是一颗苞谷籽脱落的过程
照亮人间的光泽，照亮一个仡佬人离去
一炷香成就三月的引子，一个季节轮回
比如苞谷籽，摁不住春天发芽的声音

逃离苞谷秆有多远，距离秋天就有多近
仡佬人无法拒绝，沉溺于每个季节的狂欢
想起披星戴月的苞谷籽，对于一根苞谷秆
失去记忆，燃烧的火塘，火光越来越耀眼

马 匙[①]

翻越那道光阴，穷尽一生演绎甲骨文
现出使命，现出崇敬，现出一段历史记忆
然后躲在碗柜的阴暗角落，避免烈火炼狱
或者避免抛尸荒野，风雨啄食，回归尘土

用木头精心雕琢而成，略有粗糙
却也尽显苗族兄弟精致的工匠精神
长长的柄，犹如长尾鸟流落百姓人家
一勺饭，一勺汤，一勺酒，装满人间烟火

与锅碗瓢盆一起，尝尽生活的酸甜苦辣
被火烤，被水煮，甚至被酒鬼摔断
那又怎么样？没有一滴眼泪掉落的悲伤
天生给人拿捏的把柄，物竞天择是使命

现如今，偶有出现在祭祀的神台上
与祖先照面，讲述仡佬人最虔诚的信仰
通往灵魂安息的路上，骨子里深藏一颗
敬畏之心，像跨界桥梁泅渡人间的黎明

———————

①马匙，即木制的勺子。

旧器物

沉重的色泽长满褶皱、斑驳及其他
一些过往之物，岁月的痕迹越来越辽阔
遍布全身，讲述的故事给喜欢聆听的人
小心翼翼安放在远离喧嚣的心坎上

犹如安放自己的灵魂，安详与平和
没有风的撕裂，也没有雨的惊扰
稳坐见证昼夜交替的老房子
历经时光洗礼的姿势总是与世无争

那么多走过的日子，繁星点缀寰宇
身后却留下手持灯盏的人昼夜守候
一段记忆层层叠加的尘埃，越来越厚重
像后来者心存一块信仰先人的石头

变换脸谱的行路人，一闪而过
背影消失在四季弹拨的韵律中
该走的已经走了，能留下来的依然
放逐光芒，在人世间照亮万物生长

时光走走停停，似乎过时的物件成为历史摆设
转过背，一切又似乎才刚刚开始
风吹来春天，大地依然焕发新绿
世间万物，没有结下一颗被灵魂遗弃的果子

万年壶①

已经走了的人，个个都是一去不复返
还没有走的人坚强地活着，终究有一天
也会跟着走了的人留下的脚印寻找归途
远方，或许比他们心中想象的还要远

一堆黄土，瞬间掩埋山岗上的黄昏
时光，犹如流星一晃而过的背影
扶正一只万年壶，一夜之间荡漾山谷
唢呐声声，沉淀人世间遗留的悲伤

灌满整整一壶苞谷酒，也收纳
一片土地腾升而起的太阳或月亮
站在一堆黄土上，成长一座山峰
头顶白天和黑夜，变得高大而深沉

三月，一群布谷鸟在烟火中随风飘摇
它们吟唱的古歌，泛起人世间的云朵
祭祀的人们除去一堆黄土衍生的杂草
跪拜，万年壶重新灌满苞谷酒和祈祷

---

①万年壶，隆林仡佬族在逝者坟头埋放的小瓷壶。

石板桥

一场生死攸关的高烧，大人们说
小孩的魂魄从太阳河畔走丢了
一只公鸡一块长条石板，巫师说
在三岔路口可以把魂魄泅渡回来

在石板桥上，积压那么多脚印
重重叠叠，隐隐约约的虚无
呈现一个稚嫩的灵魂，穿梭时光
跳跃着，向大人们挥动小手

在石板桥上，大人们所有的言语
都是祈祷，巫师的舞蹈也是
只有小孩，似乎把自己的灵魂
嵌入一块咒语修饰过的石板内核

在石板桥上，所有生灵，包括
十里八乡的人们、鸡鸭牛羊及其他
每一个脚印碾碎的声响都有可能
从远方把小孩的魂魄泅渡回家

其实啊，一场偶遇风寒的高烧
疼痛的是小孩的肉体，却烫伤了
大人们憔悴的心。一块石板桥
跨越两界，泅渡人间爱与被爱的心灵

旧瓦片

站在不打扰别人的墙脚，静悄悄的
被风捶打，被雨洗刷，被时光过滤
最后被新鲜事物代替。物竞天择
一个年代有一个年代的生存法则

左手穿过右手，时间成就了历史
满身积淀的尘埃，散发脆弱的光
点亮人世间遗留的记忆，若隐若现
坚守微不足道的存在感也是必不可少

日月换洗的青瓦片，像秋天的落叶
风雨兼程中飘摇，寻找相互依赖的归属感
内心固有的执念依然不肯放弃
和从前一样，与万事万物融为一体

蓦然回首，终于承认消失在风雨中
已是应然中的必然，心里瞬间平衡
生命从一粒粒尘土开始经受火焰熔炼
在人世间遮风挡雨之后，慢慢回归尘土

蓑　衣

从来不关心四季，也不关心阴晴圆缺
一场风雨会把淋湿天空的面积限制
改朝换代以后，心甘情愿匍匐墙上
无所事事，更不关心渗透土地的汗水

从棕树上脱落下来，锥子扎破血管
伤口通透，练就坚韧的性格
雷电交加之处，留下风雨捶打的叙事
对于江山日月，有着无可比拟的辽阔

想起生老病死，以及连年推高的物价
植物世界，残留物停滞人间太多的悲伤
还能怎样？如同问候一些消逝的灵魂
什么也不会考虑，什么也不被考问

至于关心轮回与否，不断追溯时光
悬挂墙上，命运抖落层层尘埃
皱巴巴的，仿佛从来没有掠过人间
生活总是有始有终，一切顺其自然而已

弯　刀

淡出江湖之后，从来没有想过
什么时候坠入闲置与锈迹的风险
人世间，往日抽刀断水的背影
流落荒野，定格于人烟稀少的墙角

曾经，一片片树林或者一片片杂草
在黄昏的磨牙声中成排成排地倒下
现在啊，已经不敢轻易示众
自我陶醉的心情被电锯或割草机抛弃

时光掏空牙齿的锋芒，心中呢喃默念咒语
祈求保佑一方平安，夜深人静处
满口果实以及嘴边流淌的甜言蜜语
灵魂潜行远方，铁匠的手艺忘得一干二净

牙齿脱落一地，浑身堆砌人间冷暖
感叹越来越稀薄的命运，没有回头路
忘记咀嚼磨刀石粗糙的脆骨
硬度犹存，只是无法承担岁月遗弃的厚重

煤油灯

其实并没有过时，吃饱喝足以后
翻越黄昏，依然一眼望穿黑夜
行走的脚步或许放慢了速度
总是放不下人世间难舍的情怀

鼓起勇气，腹中装满千山万水
紧闭眼睛等待一根火柴引爆火焰
然后，名正言顺地给黑夜送去光明
理想也是永恒的，岁月无法扑灭的梦

寂寞时刻，只有自己倾听的声音
有些清闲，甚至冷漠。时光穿越的
山川河流，沸腾的蚂蚁群在繁忙中
捕食黑暗。这是释放光明应有的气势

似乎习惯长久的孤独，让空虚的日子
如何成就昼夜疯狂无比的盛宴
那些日常没有脱落的尘埃，如今
一地荒凉，屋檐下尽是无处收留的躯壳

木　桶

曾经装下一口井，甚至一条河流
一片海的落日渐渐荒芜，停泊于墙角
无法接近雨水，皮肤的干裂不断扩张
荒芜，一个个铁桶或者塑料桶抢占风景

在寂寞中，尘埃覆盖人间万物
日子层层叠加，一阵阵江河动荡
呼声响彻耳边。无可奈何花落去
生活也是骤然平静，抑或与世无争

趁着一丝穿墙而来的风声滑落
终于想起井口稀里哗啦的流水声
在没有惊涛骇浪的井底寻找生活意义
梦想荡漾开来，深邃而久远

想起那些水面上摇摇晃晃的倒影
一个接着一个，还原木匠的手艺
继续逐梦往日负重的热闹场面
屋檐下闪烁水珠透视的光芒

木箱子

走进老房子，回忆童年孤单的书声
相伴相随多年的木箱，锈迹苍茫
装满衣物、书本以及泥土对星空的梦想
还有那个痛并不快乐的黑色七月

如今木箱伤痕累累也没有半句怨言
锁头已粉身碎骨，锁扣依然完好如初
除了厚重的斑驳，面对时光的抛弃
一言不发。感叹木箱装进所有童趣

甚至灵魂，满满当当一大箱子期盼
过去装进木箱的日子或者风
再也没有办法倒出来了，只好
连同木箱一起全部塞进记忆里

木箱的外表昏暗，内心却如此敞亮
犹如生活，经历了几十年风雨漂泊
木箱不能再装进任何事物。总是
莫名喜欢木箱曾经装下的陈词与经历

锄 头

曾经，天刚蒙蒙亮就踩着星星出发
在苞谷地掏空时光，风雨过后
几经挫折，几经星辰，从牙缝里
吐出苞谷籽，如同吐出一段豪言壮语

拿捏了半辈子，才把汗水渗透骨髓
因为深爱这片土地，所以无所畏惧
所经历的一切，也只是一次泅渡
人间世事，苞谷一季又一季不断生长

太阳河畔，草木自古生机勃勃
来来往往的人，每一件事情都能想明白
是对还是错，没有什么值得纠结的意义
一切从泥土生长出来，又归还给泥土

无论承认与否，或者是否命运安排
总有一部分紧握在手里，左手与右手
同样的道理，与土地有了生命的勾连
即使无能为力，翻阅土地的想法永远不变

水　缸

自从有了一条裂缝，水就悄悄走丢了
也不在乎水缸曾经装下多少条河流
阳光落在缸底，春天从此开始发芽
毛毛细雨也开始滋润一条裂缝的干涸

一个扶缸舀水的人，背影上的皱纹
连接起来，可以绕着地球转好几圈
手上的葫芦瓢装满人间沉沉浮浮
摇晃一下星光，消失在夜深人静的远方

起风的时候，抚摸水缸的裂缝
一段深情川流而过，一个裂缝的世界
甚至，一个等待时间修复的世界
曾经沧海桑田的景色，令人潸然泪下

没有水，正好想象一切事物的来源
或者风吹日晒，或者积久成疾
让胶水渗透那条裂缝，让阳光慢慢掩埋
久久地，仿佛一条河流涌进水缸的春天

酒　碗

仡佬寨的背影依然屹立太阳河畔
满天星光映照九十九堡的诗情画意
酒碗保持原有的风度，色泽柔和
时光瞌睡长夜，疼痛悄然散尽

苞谷酒经过宽阔的碗口过滤，无数次
冲击喝酒人的肚量，成就满腹经纶
有的发福了，大腹便便，风光无限
有的病倒了，在另一世界虚度光阴

一匹瘦马驮起仡佬寨一地风景
满身毛发疯狂生长，密密麻麻的
风在山梁上吹落一遍又一遍秋色
瘦马饮尽一碗清水，犹如诗和远方

远走他乡的亲人，坟头的茅草落荒
一茬又一茬，三月过后再次郁郁葱葱
不记得一夜之间掏空多少碗苞谷酒
总想择日补偿人间，只是没有机缘巧合

相处的日子久了，总离不开吃佬话

对于酒碗和亲人，苞谷酒滋养深厚情感

跨越红尘的桥梁，衰老或者粉身碎骨

化作岁月堆积的尘土，意料之中的事物

神　台

落满尘埃，并不影响心灵休养生息
神圣与庄严，虽然年月久远
也无法掩饰其中的富丽与堂皇
神台，泅渡灵魂皈依的精神家园

一层层香灰，一个家族史的厚重
堆积祖先的凝望，归去来兮的世事
喜怒哀乐燃烧的香火，明晃晃地
承载生者无限的思念与心灵寄托

逢年过节，红白喜事或遇困厄
男主人会在神台前摆满供品
烧香焚纸，磕头作揖，念念有词
祈请祖先享用，保佑家庭兴旺平安

此时此刻，生者坚信世间因果
见与不见，相信祖先一定会在远方
关照，供品的味道浸透祖先的灵魂
一个家族血脉的源流再也不会中断

篾背篼

历经一代又一代师徒传承，篾匠
手艺很好，甚至青出于蓝而胜于蓝
竹篾编制而成的背篼，犹如编制自己
生活或者生命，有圆筒形也有方形

在山里，曾经用来装苞谷、谷子、猪菜
或者牛屎马粪，以及日常生活中的杂碎
把人世间的尘土和风风雨雨背回家中
把家中的烦恼装满，抛洒到九霄云外

消瘦的皮囊，与厚重的土地靠得最近
时光扯下云朵，篾背篼装得满满的
什么事物都藏不住，密码泄漏一地
内心长满重重叠叠的生死欲望

时代变迁，现在的篾背篼失去很多
过去应有的功能，闲在某个角落瞌睡
也不至于被嫌弃，偶尔想起曾经风雨
背负记忆的日子，独自行走天涯

镰　刀

一把满脸锈迹斑斑的镰刀
口齿失去往日的伶俐，但是
自始至终，一直没有放弃生命
斩断山河与荒原杂草的理想

游离风雨飘摇的尘世，很努力
割除万物丛生里多余的杂念
收拢，晒干，让悲伤葬身火海
呻吟着，面对苍天无助的挽歌

历经世事沧桑，掏空一片荒凉
也尝尽人间冷暖和流言蜚语
不知道承受多少次惊心动魄的磨炼
被啃食的磨刀石，光阴所剩无几

锻打镰刀的匠人和持刀的主人
化作尘埃，落进时光残留的土地
如今的替代品春笋般顺时而生
镰刀，安然休眠于岁月流淌的长河

板　凳

有木制的，也有竹篾和谷草编制的
放在火塘边、堂屋中央以及门外庭院
高低不平的地面，一切为了方便
来来往往的人们，放心落座天下

辽阔的人间啊，板凳的世界
这么简单，潜心支撑灵魂的厚重
任人随意搬来搬去，没有怨言
无论放在什么位置，从未推卸责任

偶尔，有人坐在肩上打瞌睡
一觉醒来，人间已是天荒地老
板凳的姿势依然稳如泰山，保持
坚若磐石的心，让人坐稳江山

生命说长也长，说短也短
任何事物总会有倒下的那一天
当生命终了，消失或者成为虚无
坐在板凳上的一些亲人，从此告别人间

米　筒

身高约一尺，用一节蛮竹做成
刨光外表一层青皮，露出泛黄色泽
打磨圆润，拿在手上一点都不滑溜
米筒，一件度量家人一日三餐的容器

平日里用来量米、量面、量苞谷
替代寨上不识字人的称或者计数
一筒大约八两，邻里老小有借有还
都认米筒，评判人世间灵魂的重量

色泽深浅暗淡，尽显岁月沧桑
用或者不用，独自躺在老房子里
没有满腹经纶或牢骚，只是静静地
等待着，装进一个又一个丰润的日子

时光渗进米筒的骨髓，微风泛起
筒口吹响的音调飞扬，浑厚而深沉
一切充满人性的事物都能经得起考验
尘埃在米筒的肌肤上卷起生活的褶皱

木　犁

老木匠的名字消逝久远，无人想起
寨上人的记忆里，谁也没有预料
一把曲辕木犁竟成就老木匠一生
留在人世间的最后一件绝世佳作

曾几何时，太阳河畔的苞谷地
木犁在牛的牵引下翻晒绿油油的春天
犁嘴被泥土摩擦锃亮，泛起白光
照耀夜间的蛙声虫鸣以及秋天的希望

如今啊，谷物与木犁相距甚远
年轻人纷纷进城打工，牛也不养了
木犁从此再无用武之地，失去昔日风采
静静地悬挂在泥巴墙上，伴随时光乘凉

农耕时代的印记，木犁雕琢大地
渗透一代又一代把持者的汗水和心血
时过境迁，留给人们的只有一点启示
一时并非一世，日月辉煌也有暗淡时

石　磨

披上岁月的蓑衣，守护一间茅草房的背影
身体上的残疾是雕刻在颜面上的山河
上下磨盘像一对吵架的夫妻，为了一丁点
鸡毛蒜皮的油盐酱醋，一个比一个矫情

石匠手艺了得，精心雕琢磨盘上的牙齿
浅浅的沟壑，相互交错着背道而驰
只要有苞谷籽或者其他五谷杂粮掉进嘴里
剩下粉末跟随磨盘旋转而吐露一地光阴

如今，茅草房被砖混楼房代替
石磨被遗弃在菜园里，浑身堆积尘土
一对夫妻眼巴巴地看着，一个入土为安
一个还在与风湿较劲，从此哑口无言

生活的意义啊，无非新旧交替与生老病死
如果曾经拥有，在或者不在，又能如何？
时光游离石磨上的裂纹，人间没有恩怨
还是洒脱一些吧，不必斤斤计较过往

纸　钱

从来不关心阴晴圆缺，不关心四季
一匹瘦马把寨子驮进森林或者虚无
也不关心寨子的名字在地图上有或无
太阳从东边出来，在西边抹去黑暗

更不关心生老病死以及市场上的价格
谁要或谁不要，不是一个人思考的范围
一些人不辞而别，疼痛与悲悯堵住胸口
无法动弹，此时需要纸钱解开生死心结

从来不被计较的酒水或者鸡鸭牛羊
摆满神台，远远超过祭祀者的忧伤
自古以来就这样，做给活人看的一道程序
逝者的感受如何，只剩下似是而非的理由

关心什么呢？祭祀者一个接一个追问
灵魂低下头颅，看见燃烧殆尽的纸钱
遗留灰烬，或白或黑，不同场景不同的人
心情平静如水，仿佛祭祀就是渡劫人间

药　罐

倒在墙角打瞌睡，因为有人说
中医不能治病，中药也没有用
所以，相爱的日子越来越稀薄
灌进什么言语也倒不出沸腾的江河

还能装什么？没有高谈阔论的理由
坚信老祖宗的遗嘱，把中药装进去
添上三瓢水，从大火到文火，一言不发
大逆不道的流言蜚语自然被药味冲淡

很多事物在病人身体里，说也说不出来
人间万物，中医归为阴阳结合，中药
通过药罐历练，病根如同药渣埋进泥土
药罐依旧从容，总还有用得上的时候吧

药罐的颜色斑驳，仿佛生活多灾多难
无论何时何地，躺在简陋的房间里印证
很多莫名喜欢的中药，给颠倒黑白的人
一记重重的耳光，古训得以善始善终

瓷　碗

从泥土出落人世间，一个脆弱的瓷器
装水装饭，装苞谷酒装草木装山川河流
以及荒唐的爱恨情仇和喜怒哀乐
只是，无论装什么都是一种人间恩赐

白天和黑夜，有风与无风，模样不变
一旦装上浓烈的苞谷酒，好像装上
万事万物，一切力量从碗底腾升而起
一股风撞翻另一股风，日子往前走着

像青枫树一样，没有倾倒的可能
坐在屋檐下，背影扛起天空的蓝
一个寨子的天空蓝过一段往事
匍匐的风景，寨上人清除碗口的忧愁

一个陈旧的瓷碗，身披太多的情感
有惊有喜，人情世故和大自然的冷暖
风吹日晒雨淋，甚至世俗的冷嘲热讽
无论何时何地，自己能做的只有奉献

连 枷[①]

也只是一把简简单单的家什
两节木棍，一长一短，用一根牛皮绳子
联结，在晒场上挥舞旋转的力量
麦子、豌豆、黄豆……都可以捶打脱粒

秋老虎顺风而来，一把连枷划破天空
一些事物的细枝末节从自身体内分离
袒露在人间，任凭风吹草动
爱恨情仇，始于棍棒，又止于疼痛

已经脱离人间，如同逃离一场劫难
没有任何流言蜚语的踪迹横行霸道
翻过一道山梁，一些飞禽走兽
卡在黄昏，路走不通，位置也没有了

一生一世，唯一的愿望就是坚持原则
脱去一切事物厚厚的外套，丢进泥土
渐渐老去，甚至被抛弃或自己化为乌有
也不知道前世今生所发生的任何事情

---

①连枷，一种木制农具。

陀　螺

尘土已经渗透骨髓，咬紧牙关坚守
时光一直在流逝，没有停下脚步的意思
生命还能延续多久？谁也无法断定
褶皱不停地脱落，腾出位置让给忧伤

难以言说的事实，总是身不由己
曾经飞速旋转的身影越来越轻描淡写
像空中浮云，行走江湖的一道道弧线
轻如鸿毛，令人提心吊胆的命运

闷得慌的时候，也会暗地里自我嘲讽
让一根绳索的抽打来得更加猛烈些吧
童年的乐趣在疼痛的旋转中摇摇晃晃
旷野的笑声绕过人间，一阵鸡飞狗跳

万事万物伴随"啪"的一声脆响
迅速飞出天外，呼喊的力气渐渐瘦小
一生奔跑的马场，再也没有让出辽阔
更何况，还有一把削皮的杀猪刀伺候

簸　箕

簸去事物中的杂质，如糠秕、尘土
一团团云朵被风吹走，天女散花似的
簸箕无法煽动的辽阔，剩下的都是精华
万事万物在人间翻风，生活秩序重新开始

稀里哗啦的风声穿过胸膛，急匆匆的
生活中的糟糠，一片接着一片淘汰出局
如果人生能够精挑细选，该是多么伟大
筛选精髓，与愚昧、粗俗撇得一干二净

那些被簸出来的尘埃一定不会忘记
簸箕的前世今生，也许心生绝望
有一堵墙截留黑夜，被白天吞没
不得不承认，这是没有商量的结局

如同悲伤落在身上，又被灌进喉咙
或者悲伤源自抛弃，无法阻挡的潮流
完成最后一次生活筛选，闲置在墙上
风把身子吹得空空荡荡，骨架随时散落

格　当①

在干枯的葫芦肚皮上切开一个圆口
掏空体内万事万物，一件简简单单的法器
装进别人的想法、水声、风声以及其他风月
晃荡的生活，咕噜咕噜的，动荡不安

从不怨恨，被嫌弃与能否承担责任无关
时光一次次拨开云层，引起轰鸣声
被摁进深渊。有时用来舀水，有时用来舀油
有时从嘴里倒出苞谷酒，生命攸关的事物

被替代终归不是结局，而是一种过程
狭小的空间，风在里面旋转、凝固
生活低下头颅，人间晃晃悠悠的
眼睁睁地看着苞谷酒被一饮而尽

身体里的风，已经掏空了人间的虚无
漫不经心，允许雨水、杂念甚至自己的命运
逃离人间，那些风，从来不会越界
一切都是合理的闲言碎语，所有的可能

―――――――

①格当，小葫芦制成的一种容器。

火 筒

一道狭窄的长廊，只有风川流而过
恰到好处的闷响，被凝固被四壁挤压
从逃离生命的突破口瞬间倾泻
于是，一片火光红遍大江南北

天刚蒙蒙亮，黎明泅渡人间烟火
一阵风过后，万事万物重生的时刻
摇摇晃晃的夜色坠落深山老林
新的一天从拯救一丝火苗开始苏醒

一定能听到安放在火塘边的呼唤
一声接着一声，很多被月光冻结的隐秘
如同透明而辽阔的白，只需要一串咳嗽
一生的兴衰成败由此预定生死合约

拥有无限宽广的胸怀，自始至终
憨厚老实，偶尔瞌睡也是难得的恩赐
多少日子，以忠诚加持忠诚的坚守
重复即延续，把每次点火当作出发与归途

木　甑

即使准备很充足，蒸苞谷面饭的机会也被剥夺
根源无法追溯，电饭锅、高压锅以及一场革命
成功地掩盖古旧的日子，篾条已经箍不住
岁月的裂缝，甚至可以省略提心吊胆的麻烦

一天接着一天，被日子闲置在荒芜的墙角
与灰尘或者闲言碎语为伴，偶尔扑风捉影
风的声音，灰尘的影子，穿透身体的辽阔
这是何等的苍凉？还要承担一些残留与疼痛

尽管如此，也不过是承受一些莫名的虚无
比如从身体的裂缝遗漏到人间的星光
或者从人间流落到身体里的灰尘
没有哪一样事物明确给出逃离的理由

星光也好，灰尘也罢，一层层摞着老茧
越来越厚重的痕迹，只有自己承认自己
还是一件可以蒸苞谷面饭的旧器物
在浩浩荡荡的人间有着前世今生的木性

邮　筒

身披时光外套那么多年，那么多沉淀
叫醒人们的记忆，绿衣承载无数心事
春夏秋冬的交织中，传递人间温暖情谊
还可以听到时光脱落的声音，低沉而脆弱

见证时代变迁的风华，黄昏覆盖归途
尘埃落定的人间，万物剩下最后一线生命
所有信件不翼而飞，寄信人与收信人之间
电脑里的灵魂川流不息，链接遥远的牵挂

守候一份执着与信任，抓不住信封的衣角
不得不低头承认，该放手的事还得放手
黄昏从彼此手心滑过，风一股碾压另一股
放宽心灵的距离，留下孤独而透明的忧伤

来来往往的人群，手握投递与接收的密码
忘记曾经的绿衣，正在慢慢褪色消逝
流落街头巷尾，在默默无言中铭记
一段段珍贵的回忆，犹如繁星闪烁夜空

小人书

时光渐渐下沉，脚步声越来越厚重
厚重是仡佬寨一代人堆积已久的味道
苞谷酒的味道，小人书吸附尘土的味道
游荡房前屋后，光屁股日子的欢笑重现

很长时间，没有人打开小人书的房门
蜘蛛网悄无声息地围堵一个世界
也悄无声息地卷走一些人的记忆
那个年月的乐趣跟随书中的人物走丢

手捧小人书的人也走了一个又一个
剩下一些忧伤，也是弥足珍贵的提示
喜怒哀乐、爱恨情仇本是人间常态
树木花草活在没有陪伴的小人书里

人间如此丰满，比一个故事还要复杂
从头到尾讲述来来往往的人生负重
来来往往的万事万物，最终的结局
小人书关上房门，等着月光抚摸灵魂

风　斗

手艺人已经走了很久，留下的遗物
一件灵魂的摆设，流落时光斜靠的屋檐
一些替代的家什，令手艺人的背影惭愧
不可避免的，日子总是马不停蹄地走着

从来不相信，凭空捏造的风会穿肠而过
一股追着一股，从右手边追到左手边
紧紧攥在一起，然后冲出山口
不可透视的蛮力，掀翻天空透明的白

收割季节，眼睁睁看着一个信任的人
从自己身体分离事物的实心与瘪壳
人世间的万事万物也有三六九等之分
至于有用或者没用，就看降落的位置

需要的时候，只能用力不停地鼓吹
撕心裂肺地吹，让时光扭曲、粉碎
消失殆尽，这是命运无法逆转的法则
尘土掩埋身体，也有追随手艺人的愿望

斗　篷

因为竹子，从竹笋到翠绿，再指向天空
被剥离成一片片篾条。这是一个梦幻过程
一言难尽，骨架编织而成，涂上一层桐油
生活的一道工序，另一个生命从此诞生

日月阴晴圆缺，曾经阻挡无数风雨
也头顶无数烈日，风雨和烈日下的人间
四季平安，万事万物从此完好无损
硬生生地摁住所有疼痛，包括透明的白

烈日和风雨的捶打，甚至可以听到
身体里涌现一条河流奔腾的声音
有与没有即是一瞬间，也是一种永恒
如同担心自己成为即将被遗忘的事物

现如今，挂在墙壁上，闲得慌里慌张的
时光在身体里堆积，堵住人间的黎明
夜色代替烈日，灰尘代替风雨，扑面而来
往事拧成心碎的感叹，等待一次跌落

枯　井

时光走与不走都一个样，包括残缺的伤疤
拦不住漏风的伤口，掉进一些风言风语
时光里的风声，淡淡的，盖不住人间的荒凉
越来越虚无，恰似一潭无心聆听的心情

曾经装下漫天暴风雨，甚至一条古老的河流
要说人间烟火呀，一口井装得满满当当的
星星掉落进来，没有一样事物是逃离的修行
杂乱无章的酸甜苦辣和一口井默契地平衡

河流在一片森林倒下之后，悄无声息地走失
一个从井里打捞岁月的人，木桶拉下绳索
捞上一桶空空荡荡的辽阔与擦伤井底的尘土
脆弱的山、脆弱的水和脆弱的灵魂荡然无存

干枯的水井，混进各种杂质甚至各种流言
也混进堕落的悲伤。这是不得而为的警示
一蔸树牵引一条河流灌满一口井，而一阵风
瞬间吹走一条河流，山川回不到原来的景色

马　鞍

怀念那些柴米油盐，怀念它们
搭在自己肩上的沉重，如今它们失落了
人间寂寞的风声，让仡佬寨沉默寡言
一匹瘦马走丢以后，马蹄声成为一种奢侈

怀念马背上滚烫的落日，那些黄色的泪水
一种辉煌的色泽值得一辈子骄傲，很多星辰
更加闪耀，把一切疲劳与伤痛摁进深渊
落在马蹄踏破的石板上，印迹刻骨铭心

或者落在一个深更半夜的火塘边
一碗苞谷酒的动荡，撞碎一个人的背影
连同马背上的事物，消失在脆弱的火光中
手提灯盏的人扶着马鞍，忧伤淡淡的

都过去了，一个人、一副马鞍、一匹瘦马
以及那些摇摇晃晃的岁月，一直在屋檐下
仿佛没有到过人间，只有一首古老的酒歌
回荡太阳河畔，落在马鞍上的时光渐渐深沉

墨　斗

森林传来的话是空白，比如一蔸树死亡
一些说走就走的事物失去了所有是非
没有喘气的机会，泥沙堆砌的河床
隐藏一条河流的翻江倒海，墨斗干枯

一根细瘦的生命线拖出长长的夜色
用力一弹，拉直了人间曲折，如今
身体里的春夏秋冬已经不关心墨汁
清洗四周的污渍也同样浪费

季风扑面而来，想说的话来不及
面对断粮的尴尬，木匠终究无能为力
时光吸干墨汁，墨线的关节被肢解无数
仿佛站在木头之上的信仰备受羞辱

等待被遗忘的耐心是足够的
干瘪的身子拐过木匠撂高的山头
从一根朽木上退出，歇脚在篱笆背阴处
很多无法挽回的裂缝卡住人间冷暖

陶　罐

说真的，见过几辈人的病痛实属不易
偶尔转过身，那些乱七八糟的中草药
蒲公英、黄精、田七以及层层经过烈火
修炼的风月，退却到泥土的暗处躲藏

曾经的热血沸腾，或者现如今的孤单
一个药方赶走另一个药方，耗尽一个人
毕生经历才能把病痛的折磨埋进尘世
另一个人跌跌撞撞地装满虚脱的呻吟

很多人也不甘心，很想用一味药割断
一个人的去路，或者阻挡一个人的来路
全部塞进虚无的辽阔里，用水淹，用火烧
一切病痛在滚烫的呐喊声中，慢慢死去

声声感叹，悲悯之心始于摞满药垢的一生
被替代的寂寞掏空松散的骨架，在风中
衰竭，甚至等着消逝的结局，留下尊严
记录一个朝代、一些人、一些病史的证词

油纸伞

汹渡一层桐油之后，依靠一根竹竿
支撑生命，有了视死如归的硬气
可以遮挡星空，却遮挡不住人间烟火
失去呼风唤雨的年月，成就时光摆设

从来不在乎流言蜚语，不在乎雨天
一个人腾出天空的位置是多么宽广
出不了房门，倾听雨水拍打四面八方
呼叫的声音，闪电撕破一朵乌云

也不在乎化作尘土，与那些消逝久远
在人间的旧器物相比，更不在乎
被风吹散骨架的疼痛，甚至停止呼吸
遮挡不住一阵阳光的妖娆和刺激

只在乎自己的忧伤多么沉重，如同在乎
过了期的承诺，被一些时髦的言语追问
如何回答？一张白纸，空空荡荡的白
仿佛被遮挡的暴风雨从来没有淋湿人间

礌砟①

曾几何时，那些掏空一块石头的事物
辣椒、花椒、胡椒，甚至一些落进深渊
莫名被砸碎的骨头，回味无穷的粉末
起风之前面目全非地逃脱巨石的碾压

每块石头有一朵花，结出倍受敬仰的果子
完成一朵花的遗愿，如同即将衰竭的灯光
黑夜被压得很低很低，腾出一条羊肠小道
万事万物走进辽阔的荒原捶打修炼

石匠早已作古，也是一块石头败落的过程
被取代的理由千真万确，不得不承认
时光的轮回，世间总把新桃换旧符
命运更新换代的规律，谁也无法阻拦

比如一块石头变成一尊礌砟，到苍老
以及回归尘土，无法用形容词来拒绝
此时此刻，想起那些流连忘返的味道
对一块石头只有敬仰，没有半点虚情假意

───────────

①礌砟：一种石制器皿。

马笼头①

牛皮经过香樟油昼夜揉搓，柔软而结实
手艺人精心切割成条，制作的马笼头
配上铁环、铃铛、绳索以及其他装饰的风物
套住马头，绳索一扯，疯狂的野马也被降服

从来没有想过被抛弃的理由，时光沉默
证实马笼头没有背信弃义，一匹马驮走黄昏
赶马人与马笼头形同陌路，距离越来越遥远
悲伤也无法挽回一场堕落的马蹄声

一个人和一匹马相处，情感的短暂或者永恒
需要一副马笼头牵线搭桥，传情达意
现在，短暂也好，永恒也罢，都不复存在
因为一匹马化作尘土，马笼头在墙上打瞌睡

如此轻易被闲置的背影，如同闲言碎语
此起彼伏，心有不甘，忘记一匹消逝的马
牢记一次赶马的狂欢，希望被重新发现
要么贱卖于人间，要么回归牛皮的灵魂

---

①马笼头：一种套马用具。

马　灯

借助一根火柴的威力，打开灯芯
照亮人世间的寂寞与孤独，一瞬间
黑夜里的万事万物令人眼花缭乱
灵魂深处驻守永不熄灭的光源

自己与黑暗分离，用光穿透玻璃罩
用玻璃罩分散风的撞击力，捂住灯芯
保持不灭的定律，趁着这样的良辰
一个人、一匹马和自己紧紧抱成一团

只有自己懂得一匹马走丢以后，一个人
悲伤也是徒劳的，把自己深埋于心
胜过添加煤油，而煤油对于自己
已是可有可无的事物，让自己沉浮人间

所有的有或者无，那么辽阔无边
甚至无法讲述人间，保持沉默
黑暗里独有的世界，如期而至
该来的，坦然面对就好

瓷　坛

被风磕破一个不大不小的口子，悲伤
一场独自远行的选择，用尘埃
精心保护自己，痛到不能再痛
直至沉默，万事万物必经的道场

以倾斜时光的姿势匍匐大地
如太阳河畔生长的苞谷籽
又如苞谷籽蒸煮出来的苞谷酒
顺势滴落人间，掉进瓷坛的轰鸣

坚持以自己的方式等待融入泥土
也是等待一场回归自然的仪式
用尽几十年风月，几十年耗尽生命
流落大千世界，人间沧桑难以言说

而悲伤，不能让黑发重新发芽
清清楚楚地记得来时路，缺了口子
比天空更加辽阔，更加寂静
悲伤也是一场独自远行的选择

弹　弓

一颗石子从桠口飞过，射落一段岁月
记得太阳河畔的冬天，荒草一片一片的
枯黄，以及仡佬人丢失在田坎上的谷草
无法引起麻雀自投罗网，等待猎杀

想起过往是一件多么得意忘形的事情
没有一只麻雀能够逃脱生命终结的坟场
皮肤粗糙的山谷，确实需要一场大雪
堵住麻雀藏匿的阴影，像冬天一样透明

一副闲置的弹弓，不再关心橡皮的韧性
以及曾经射出的石子流落远方或有多少
石子还在等待出发，也不关心一只麻雀
生命的长短、啄食的谷子、抛弃的谷草

更不关心自己回旋在太阳河畔的山路
一个仡佬人满头大汗追赶麻雀的背影
一定要选择一个比 2013 年第一场雪
更加透明的时辰，好好摁住人间的疼痛

碓　窝

烟火喧嚣的年岁，装进辣椒，装进苞谷
也装进骨头，还有许多应该舂碎的生活琐事
守住了石头的坚强，也守住了心中的信仰
没有任何怨恨，经受千万遍捶打的凝练

如今，身体里装满风声，浩浩荡荡的
时光辽阔，尘土的年轮一天天疯狂生长
无所事事的样子，静静守在人间冷落的角落
瞌睡，为星空的繁花留存一份悲伤的悼词

好在有着一身硬气，脾性不改
受宠也好，被冷落也罢，无论流放哪里
心平气和地接受，来有来时路，去也有去处
从不担心满身风霜，甚至化作尘埃回归故土

看着每天早晨的阳光在太阳河畔晃晃悠悠
以及鸡鸭牛羊猪马在房前屋后来来往往
相信人间烟火的味道依然代代相传
也实实在在明白自己苍老得如此顺理成章

墓　碑

落叶归根，是一个人应有的权力
青山、草木以及日月可以做证
一个人躺在泥土里，有一块花岗岩
替他站在人间。这是晚辈应尽的责任

山川、河流以及活着的人也可以做证
一个字一段情，把一个人的生辰八字
为人处世，还有离开人间的时辰
淋漓尽致地从花岗岩里依次抠出来

给灵魂有一个安身立命的去处
风吹也好，日晒也罢，时光沉淀
每个字诠释的都是一个人的天大之事
注定一个人仍然眷恋千姿百态的人间

生老病死，人生常态，无法走出藩篱
亘古不变的定律中，活着的人啊
用一块花岗岩，过滤人间酸甜苦辣
给生者与逝者留下一段深情的挂念

锅　桥

横跨铁锅的日子，仡佬寨的亲情又浓又重
一碗辣椒蘸水从早上就开始摆在锅桥上
月光和盐巴还没有褪去色泽，腊肉明晃晃的
苞谷酒的灵魂从火塘边经过，生活多姿多彩

铁锅里的汤水借着火苗的蛮力不停地翻滚
青菜、豆腐、粉丝或其他生活杂碎沉沉浮浮
锅桥展示一碗碗鸡鸭鱼肉给远道而来的客人
自己承受火苗、铁锅以及汤水滚烫的修炼

一蔸树需要经过怎样的历练才能成为锅桥
时间说了不算，木匠说了也不算，也许啊
大风大雨，甚至烈日暴晒，再经过木匠刀割
有多少血和汗水一笔勾销，练就这般忍耐性

大片大片酸甜苦辣咸默默地摁进身体里
没有一声疼痛的哭喊，唯一忧伤的是被嫌弃
不能给围坐火塘的人们泅渡美食与人间冷暖
从此流放布满尘埃的角落，风光一去不复返

囤箩

苞谷虫甚至老鼠也逃离囤箩储存的空间
岁月磨破的伤口，支撑灵魂游离的道场
沉积一层灰尘，像一层乌云越来越厚重
一些悲伤被陈旧的时光涂抹在身上

梦里无法除去灰尘的时候，面对落日
保留没完没了的爱恋，让生存的空间
变成坟场，曾经装满的苞谷、谷子、饭豆
以及很多杂粮，秋天不停地翻滚千山万水

渐渐沉重的悲伤，有一年四季的阔别
一碗苞谷酒与苞谷籽的决裂，还有把秋天
当作收获的理想，所有愿望都集中在一起
白天与黑夜，念念不忘地等着苞谷籽发芽

人间最大的悲剧是看着自己坠入悲剧世界
那些装进身体里的五谷杂粮，让自己保持
应有的名分，流落人间的灵魂不至于消失
需要多大空间，让一个秋天装下一场悲剧

木楼梯

一副木制楼梯，泅渡人间万事万物
上上下下，来来往往的过客如同五谷杂粮
从地里搬到楼下，从楼下搬到楼上，甚至
搬进胃里，井然有序，谁也没有犯过错误

如此周而复始，流动的背影是人间的忙碌
静止的是楼梯，默默承受或重或轻的压力
只要没有散架，千军万马踩踏也心甘情愿
命运如是，不承担烟火的重量又能如何？

横也是笔直，竖也是笔直，木匠的手艺
楼梯身上表现得淋漓尽致，所有的情感
所有的罪过，所有梦想与绝望，渗透着
楼梯的灵魂，包括一而再再而三的流言蜚语

谁扯下那张褶皱的皮囊，楼梯被灰尘覆盖
白天夜晚，日月更替，苍老的速度越走越快
没有人抚摸，也没有人踩踏，流放人间角落
压住世俗的悲伤，如此结局也是必然的结局

房　梁

横跨两根柱子之间，整个房子的灵魂
固定下来，稳稳当当的，风吹不动，需要
多少固定的柱子，才能满足没有遗憾的心
假如仅仅需要一根，房梁的一生如愿以偿

一身的笔挺被两根柱子牵扯着，甚至
自己的筋骨和一路的拖泥带水
横躺在空中，美好记忆随季节疯狂生长
支撑万事万物的沉重也是理所当然

如果一生的努力足以维持房子的抗震力
一蔸树的成才从发芽到枝繁叶茂
再到坚强，到支撑一片天空的蓝
房梁的忍耐完成了时间与空间的对话

剩下鸡毛蒜皮，不是房梁考虑的事情
不关乎房子的地基，也不关乎人间烟火
保持需要平衡的力度，稳住人间支撑点
阻挡风雨在瓦片之外，不被岁月蚕食

磨　秋

没有悬空的飞扬，也没有欢呼雀跃的嬉戏
更没有什么诗和远方，怀抱人间的寂寞
抛弃曾经的欢歌笑语，如同抛弃流言蜚语
接受时光遗忘的时候，接受命中注定的深渊

一个充满理想的玩偶，一蔸青枫树降落人间
有了直立奔跑的欢畅，每当节庆来临
大人也好，小孩也罢，喜欢在风中挑战平衡
依靠中间的支点，带动两头相互攀比的雄心

没有人明白，旋转的终点到底在哪里
很容易脱离支点，也很容易让笑声破碎
作为一种玩偶，在仡佬寨泅度狂欢的时光
男女老少允许为任何事物笑话，承担风险

如果有朝一日化作泥土，回归本分
滋养一蔸青枫树，从发芽到绿荫再到高耸
像一个熟悉的身影，在人世间稳稳当当的
一定要挺直腰杆，把梦想镶嵌于天空的蓝

酒　甄

一件被苞谷酒灌醉又逃脱的家什
十几块杉木板拼接，围成一个圆筒
上小下大，依靠两道篾箍牢牢固定
一根水槽通往外界，方便一切事物泄漏

一颗苞谷籽想从锅里逃离的时候
怎么用力呼吸也凝聚不了一滴苞谷酒
水槽中滚烫的风声，升起来又落下去
在酒甄里重复翻腾，像荒原狂奔的野马

一群苞谷籽想从锅里逃离的时候
所有的欢呼声化作一股浓烈的苞谷酒
顺着水槽坠入酒坛的深渊，跌落的声音
每次撞击都留下苞谷籽灵魂行走的痕迹

苞谷酒啊，流向苞谷籽无法到达的远方
逃脱酒甄的紧箍咒，自由发挥陶醉人间
冷与暖。留下酒甄孤独的躯壳，盼望着
像苞谷籽回归泥土，了却不为人知的秘密

篦 子

孤独存在是无法避免的事实，坚强的脾性
完好如初，很久没有触摸头发的温度
篦子背着风躲在一个人遗留的梳妆盒里
同时躲藏的，还有那些锈迹斑斑的灰尘

多年以前的梦想，凝结一些虚构的华丽
得意也好，失意也罢，篦出淘汰的发丝
以及生活的烦恼，成为道德衡量的标准
谁也没有想过这样的结果：渐渐走进孤独

如此境地囤积了经久不衰的风声
便宜到不能再便宜的伤感散落一地
不可能再用言语来装饰的日子
忍耐即是一种生活，死死摁住内心的狂欢

当然也心存希望，一次重出江湖的机会
亲吻秀发的味道也心满意足，即使很短暂
想一想消失人间之后身败名裂的风言风语
活在当下也演变成为一种习以为常的世俗

旧台历

日月更替，原本厚实的身板越来越单薄
如此消耗生命，也还远远不够
日子一个接一个掉进虚无的深渊
如此一走了之，也是远远不够的

降落人间之前，承载各种各样的叙事
年月日记，四季节气以及人间生辰八字
适宜也好，禁忌也罢，没有一样可以省略
万物皆有使命和规律，来不得半点虚假

刚出生就明白未来，渐渐消失的时光
不需要任何安慰，也明白自身存在的价值
从大年初一出发，日出日落与阴晴圆缺
翻越昼夜分界线，直到腊月三十凌晨

如果躺在抽屉里等待的是尘埃呵护
从前一页想象后一页或后一页掩盖前一页
如果等待的是陈年岁月，甚至生命终了
以身躯的残缺坚守寂寞并快乐的生存哲学

锥　子

与黄昏相比，锥子的没落延迟了很多时光
锈迹的堆积也是不慌不忙，或许人间情未了
每双千层鞋底都是经过锥子一次又一次刺穿
千疮百孔，为麻线的穿梭敞开方便的大门

新技术革命之后，锥子被遗忘在针线盒里
渐渐没有往日的风采，衰老得心里发慌
如此这般接受时代更替的第一次寒潮
唯一锐利的刃尖也慢慢失去曾经的锋芒

没有发挥作用的时候，安心地养老
哪怕被抛弃，也还是保持回忆的价值
想起经过自己纳完的无数双鞋底
因为付出而倍感骄傲，被遗弃也心安理得

那些曾经走过的山川河流，或者曾经扎过
又爱过的千百双布鞋，都是人间苍苍茫茫
万事万物皆有终结，也有衰老与过时的纠结
一切红尘的疼痛，一锥一锥扎进时光最底层

铁　猫

过时了，不得不承认自己被淘汰的结局
从来没有埋怨猎人不把技艺传给下一代
始终相信一个长期掩埋在泥土里的身体
一定经得起时光堆砌的尘埃厚实的重压

曾经让无数猎物小心翼翼、胆战心惊
一条又小又窄的山路，杂草丛生
十天半月或更长时间没有降落脚印的山路
只有猎人的信仰依然让自己耐心守候

希望某日某时，有一只健忘症的猎物
在星高月明抑或瓢泼大雨的过程中
踏上这条山路，给自己创造收获的机会
等待一只迟来的猎物掉进锈迹斑斑的圈套

只是现在啊，再也没有机缘巧合的时刻
猎物踩在身上的疼痛以及猎物绝望的呐喊
灰飞烟灭，一切美好终将成为过往
消失于人间也是必然的，唯有凡心不改

第二辑

忆过往

过　往

苞谷籽穿上春天的绿，又脱下秋天的黄
常态的过往或过往的常态，日出而作
人间不会背道而驰，尘埃随风飘落
偶尔有人走错路，依旧将错就错

太阳拖着月亮来，月亮搀着太阳去
过去是永远的过去，过去永远不会过去
一个人以行云流水的姿态尝尽万事万物
一秋风雨敬苍天，人间处处皆过往

不用问一个人的灵魂存在是否合理
存在的就是合理的，自古以来
从太阳河到九十九堡，从苞谷籽到苞谷酒
时光剩下的灰烬渐渐稀薄，透明无比
盖不住一场风湿轰轰烈烈的疼痛
冷暖交接温差，一群蚂蚁上蹿下跳

有人在晃晃悠悠的路上把苞谷籽摁进泥土
一辈子生活简简单单，日落而息
身外之物从来没有设想，喜怒哀乐
硬生生把自己掏空，骨头渣子也不放过
还原在神台上，始终记得敬上一炷高香

烟雨三月，鸡鸭牛羊在房前屋后来来往往
散落人间的脚步声也是来来往往
一个人也没有听见，事物这样沦落天涯
没有人说出理由，好与不好也无所谓

把过往熬成药，相信一切都是好的
寒冬腊月，只要不把苦难和悲伤挂在墙上
一切都是好的，过去或未来按部就班
摁住风湿的痛，摁住鸡毛蒜皮的往事

尘　土

选择好安身立命之地，或天空或大地
完全由自己的体重和风决定，正好看见
人间烟火，蓝色的天空，黄色的大地
归隐的天堂，万物只身飞来飞去

平地而起，一粒尘土有升天的机会
也有坠落荒原的悲伤。有看得见
想看的一切，也有撞得头破血流的模样
去也好，回也罢，纯属一种机缘巧合

当然，风是看不见的，自己的体重
也是看不见的，如同看不见爱与被爱
风是透明而摇晃的影子，体重也时增时减
流落人间的痛所剩无几，随遇而安就好

在大地上打瞌睡，无论白天还是黑夜
人间的流言蜚语随风蜕变，一干二净
毫不在乎，仿佛自己本该承担的重量
掉下来，一朵云终究压不垮苍天的烦恼

黄昏下的核桃树

站在老房子旁边，一蔸衰老的核桃树
所剩无几的叶子，稀稀拉拉地挂在枝丫上
瘦小的时光割让人间怜悯，种树的人
远行百年，看树的人落叶似的走了一个又一个

核桃树自己也很清楚，生死有命
死也包含生的过程，有生就有死
死即是生的超越，更新换代如此循环
落叶腐烂，供养另一蔸新的树茁壮成长

时光流逝，一蔸衰老的核桃树
树干长满褶皱，枝丫拿捏不住太多的空间
星光洒落地面，曾经的落叶
打开耳朵，倾听风声掉进时间的泥土

一颗核桃落了，一根新芽开始生长
种树的人走了，另一个看树的人接着到来
生活于落满尘土的人间，短暂也有尊严
黄昏下站立的一蔸核桃树，是很好的提示

老房子收藏的信物

老房子用黄泥垒砌而成，冬暖夏凉
最初的房顶盖着茅草，可以遮风挡雨
再后来啊，土墙还是原来的土墙
青瓦替换茅草，住着的人来来往往

砌房子的人已变成一堆厚厚的黄土
修缮老房子的人还活着，讲起老房子
收藏的信物：酒碗，神台，篾背篼，板凳
镰刀，米筒，木犁……一件就是一个典故

历经时光打磨，信物裸露的痕迹显示
住过老房子的人依然活着，一代又一代
讲述老房子的故事，一遍又一遍重复着
他们的故事，像信物在人世间传来传去

多年后老房子一定会消失，收藏的信物
也不复存在，讲述故事的人也像老房子
变成一堆黄土，只是一定会有另外的人
讲述另外一个老房子收藏信物的故事

传　说

一场对话，一段文字，一面镜子，一个灵魂
后人不断翻炒的话语，时光走不出来的孤独
人间那么幽深，或疼痛，富有魅力的信仰
每一代人都一样虔诚，让传说永远成为传说

很多带刺的光芒，被沉重的风雨一层层裹藏
一种敬畏之心，改朝换代也从来不敢抛弃
闪光的声音，每一束月光照耀在后人的脸庞
还原前人的善意与忠告，甚至一些苦难的呻吟

带着危险的讽刺，因为洪荒年代的万事万物
危险如同家常便饭，随时随地摆上后人的餐桌
老人一段叙事，鬼魂或死亡成就神秘的记忆
一代又一代接续活着，也按部就班地传承着

后人按部就班地活着，把每一句话当一剂良药
煎熬，病痛到来之前吞下，预防生活出现偏差
一个人把传说的隐喻当作耳边风丢进脑后
一塌糊涂的空白，结局是悲哀的，也是可耻的

荒　地

栽苞谷的人，有的已经生活在远方
有的也正走在通往远方的路上
那片苞谷地越来越丰腴，但没有人
拿起锄头，一锄一锄地翻晒岁月

风吹过九十九堡，一股追赶一股
翻动满山的花草树木，呼呼作响
犹如仡佬人吟唱一首栽苞谷的古歌
悲喜交加，人间的苦乐尽在其中回放

悦耳动听，太阳河畔的仡佬人
自古就在这片黑土地栽苞谷
冬去春来，依赖苞谷喂养梦想
一碗苞谷酒的分量，满足风月的愿望

太阳河畔的苞谷花绽放，栽苞谷的人啊
一首经久不衰的古歌流传四方
走了的人或还没有走的人都能听懂
栽苞谷的手艺和太阳河一起渗透苞谷地

咒　语

像一群黑色蚂蚁，栖息人间
每一个角落，每一个祷告者的心坎上
随时随地消失于山川河流和万事万物
与空气、与光、与那些虚虚实实的空白

透明无比，总是触摸不到任何痕迹
也没有一点温度，却能情到深处
疗伤一些人的心情。旧器物的影子
飞来飞去，以瞬间即逝的速度

祭祀的时候，依附在神台上的灵魂
天生流浪的样子，从这个人的嘴巴
跳到另一个人的心里，完了之后坠落
时间的另一面暗处，谁也不知道去向

只是，只是人间需要留存一些念想
一切存在都是合理的，包括咒语
可以逃离很多人情世故围困的藩篱
拉长生命线，心情自由自在地飞翔

一颗苞谷籽

栽进泥土里，也栽下了人间的希望
身披黄昏一定要拿捏好，泥土漏风
成长的路上可以遮风挡雨，防虫防灾
如果走出春天，万事万物也可以辨别

一切都很明了，传宗接代的勇士
不能退缩，也不能推卸任何责任
对于生活，那些鸡毛蒜皮或酸甜苦辣
从来不说出口，也不知道从何说起

也可以不选择发芽的春天
默默地等待，成为一粒饭或一滴酒
也是好事。饥肠辘辘，风餐露宿
栽下一个季节，人间有了温饱的盼头

在生物世界里，期盼大地风平浪静
不为别的，但愿灵魂平安成长
一路风调雨顺，不要留下任何残迹
不让人间的希望破灭，在收获的秋天

老房子的影子

夜深人静，不断缩小的火光
老房子的影子被摁进更深的黑夜
衰老也是一种难以逃离的悲伤
情绪源自时光散发的流言蜚语

一个走失在 2013 年第一场雪的人
牵着一匹瘦马，穿越瘦长的岁月
太阳河畔，留下一段瘦小的故事
开荒辟草，搭起一座遮风挡雨的茅屋

老房子真的很老了，几近摇摇欲坠
风从背面呼啸而来，留下老房子的影子
对于那些还来不及收留的日子
怜悯之心，让一切变成一片辽阔的荒原

直到深夜，老房子的影子在不远的远方
微笑，站立风中，如此优雅
身体里燃烧一团熊熊烈火，闪闪发光
照亮人间，还有相依为命的万事万物

秋天，想不起任何一次收成

一次负重，从生活的重量掀起的痛开始
季节风不断冷嘲热讽，很清楚地
与类风湿结下深仇大恨，无药可解
锁紧眉头，硬生生把风湿的痛摁进黑夜

月光牵着脚步，面对神台倾诉
一些莫名的伤感。这伤感啊，纯粹不杂
蛊惑人间世事的千百植物，高高在上
为往事一一遮阴，包括风湿的痛也被抹平

发生的一切都是理所当然，坚信不疑
从春天到秋天，匍匐太阳河畔的苞谷籽
以及风声翻阅的土地，诞生新生力量
用苞谷酒庆贺丰年的灯盏，灯光照亮人间

把美好交给仡佬寨，交给土地的神圣
任凭放荡不羁的秋天收获金灿灿的风景
唯一的心愿。背起风湿躺在风景里看风景
一道灿烂的风景。时光没有一点记忆

但　愿

那一夜，雪花静悄悄地抚摸稀疏的发髻
从两鬓开始，由下而上，白了一世人间
带状疱疹生长在腋下，皮肤溃烂消失过后
一片火海熊熊燃烧，一阵又一阵滚烫
灼伤皮下神经，火辣辣地挑战久经的耐性

怎么也想不明白，2013年第一场雪
白得透明的落雪声打碎薄雾般的岁月
稀里哗啦的。瘦小的身影显得更加瘦小
摇摇晃晃的，像带状疱疹的疼痛游离不定
有没有一种可能，往后就与病痛打发时光

离去的人在天窗上看着一头黑发渐渐花白
一定很着急。一个人的命运不该如此急促
不然灵魂怎么会走得那么快，像一阵风
留下半碗深邃的苞谷酒，也不打一声招呼
火塘里的火光一下子凝固人世间的灰烬

不能用一个人遗留的雪花染白青丝
除了带状疱疹，还有很多疼痛需要承受
比如其他亲人离去，也是无法逃避的劫数
疼痛也许一个比一个更加沉重，但愿一切
非凡的沉重压不垮单薄而摇摇欲坠的骨架

挺起腰杆向前走，从黑夜掏出明晃晃的白天
从春天的泥土种出饱满的秋天，从一颗苞谷籽
内心倒出一碗苞谷酒，淹没燃烧的火焰
淹没身上所有的病痛，从远去的人
遗留的背影，渲染一片昔日郁郁葱葱的黑发

心满意足

黄昏渐渐离去，山风吹拂，夕阳飘摇
熟透的日子，颜色变得逐渐暗淡
布谷鸟踩着最后的阳光，停泊一苑青枫树
吟唱一曲夜色，云层匍匐九十九堡的肌肤

尘归尘，土归土。从哪里来就到哪里去
必然回归于一苑青枫树，一路走来
积攒厚厚一叠时光，鸡鸭牛羊猪马狗
金黄色的苞谷，以及苞谷籽酝酿的美酒

给火塘添加最后一根柴火，燃烧很旺
引路的月光坠落门前，摊开热情的双手
走吧，回到该去的地方，祖辈们都等着
像苞谷籽回到泥土的温床，安详地瞌睡

一身轻松，没有给任何人留下任何遗憾
人世间的留恋都展现在幸福的脸上
爬满指纹的水烟筒孤独地摆渡一切
人生的喜怒哀乐也不过如此，心满意足

忧　愁

看着秋天的脚步越走越远
黄昏呈现苞谷的黄渐渐浓烈
从早晨越过傍晚，一切像做梦一样
皮肤上的带状疱疹一阵一阵刺痛
火辣辣的，闪电般倾覆风湿的阴冷

唤醒太阳的大公鸡还在晒台上
啄食太阳的余晖，月光开始发白
谁在夜色背后收拾所剩无几的身影
日子的尘土不停地从脚板堆积升高
慢慢地，延伸进夜色的深沉

苞谷花开过了，在苞谷成熟的时候
想起苞谷花的样子，一朵挨着一朵
排列着春天的景色，其实在心里面
时时盘算着季节更换的套路

心头的伤疤火光照着发烫，嗞嗞作响
祖辈的遗嘱：嫁鸡随鸡嫁狗随狗
一群蚂蚁爬满全身，叮咬游离的神经
又躲进血管里，日夜不停地奔跑
穿越每一个细胞，没有瞌睡的欲望

想起一个人的照片，在墙上微笑
从来没有想起被遗憾染白一根头发
也记不清楚。只是被一场雪淹没了
相互争吵时数落彼此的闲言碎语

依然惦记算命先生似是而非的谎言
每隔一段日子就会跳出来提醒
八十三岁是一个劫。冬天过后的春天
心情开朗：命运似乎又逃过一劫
又想着能否与孙子再见一面的幸事

思　念

也许，人与人之间相互保留
思念的距离，比起人世间的生老病死
还要遥远，甚至比起一个人拥有
另一个人的温暖还要更加深邃

有时只是对难得的温暖无法忘怀
也不能自拔于久久思念的泥潭
微笑让一个人的生活空间无比辽阔
甚至纯粹的世界充满熟悉的身影

两个灵魂不停地碰撞，力度适可而止
金属般悦耳的声响，只能证明一个人
已把另一个人深埋于心里，感情火花
爆发之前，摁住一匹狂躁不安的野马

只有这样，那些不修边幅的窘态
才能还原一蔸备受春天洗礼的青枫树
很清楚，在一个陌生的世界梳理
另一个人的思念，需要怎样的勇气

时光停留在黄昏

火燃烧到深夜就熄灭了，时光还停留在黄昏
黄昏的黄已经休克，似乎深夜的心脏
被明晃晃的火光卷走，消失得无影无踪
人间的事物不再跳动，诞生之前停止呼吸
其他无关的也这样，僵硬的躯壳如此淡定

黄昏越来越淡薄，做好远行的准备
灵魂踏上归途，火光摇晃的身影当作路标
不知疲倦，不知漫漫征程，也不知前方险恶
生根发芽的脚步声一个接一个，相互追赶着
因为生命回流的前奏，没有什么可以阻止

遇见许多似是而非且飞来飞去的影子
有认识的，他们招手示意，像飘摇的火光
照耀透明的心境，没有一丝忧伤
也有从未见过的，像鸡鸭牛羊，像花草树木
或者什么也不像，琢磨不透，令心脏窒息

这些影子从哪里来，到哪里去，全然不知
至于流落人间的密码，喝干最后一碗苞谷酒
酒碗装满的日子杂乱无章，零星的只言片语
添加最后一根木柴，努力保存一种生活姿态
生命的休止符跟随火光潜入凌乱的灰烬

黄昏的黄，或许是天生的事物及其颜色
怎么选择这个时候把火烧得特别旺盛
苞谷酒也倒满一大碗，接下来的事情
回味拿捏在手心出汗的日子一个个被抽干
从头到尾梳理得清清楚楚，只剩下自己的躯壳

那年腊月十五

在落雪的声音中相互传递温情
慈祥，似乎第一次触摸到爱的别样
一切变成了生命的延续，所有的呐喊
凝固寒风的呼啸，给人间增添一粒尘埃

降落人间的事物，也是偶然中的必然
因为有预谋，一颗苞谷籽从孕育到发芽
走过漫长的岁月，在那年腊月十五破土而出
痛苦而快乐的心情令往后的日子充满生机活力

那么顺畅，天经地义在落雪的声音中
相互取暖，血液流进彼此的血管
滋养彼此的生命，你中有我，我中有你
人间的微笑绽放一朵无比透明的雪花

从那年腊月十五之后，彼此相互期待着
呵护相遇的缘分，也共同面对一切
遵循祖祖辈辈遗留下来的古训，或者信仰
先是养小，然后养老。谁也摆脱不了谁

黄昏走失的那天夜晚

走到九十九堡山脚下的青枫树林
实在走不动了，枕着黄昏稳稳地打瞌睡
夜晚的风很平静，在此永久地睡着了
寨上人说，黄昏走失也是命中注定的事情

用最后也是最亮的一次火光照耀人间
鸡毛蒜皮的酸甜苦辣和喜怒哀乐
用积攒多年的时光告慰终年匍匐的土地
喂养往后的日子，给子孙留下无限念想

布谷鸟哀鸣，在每年三月的眼泪里
重复 2013 年第一场雪飘落的风声
从太阳河畔背回家的黄昏，满满的
很大一背篼，重重地压实一生不变的梦想

最后一碗苞谷酒顺风滑进喉咙的声响
敲碎仡佬寨沉睡的夜色，稀里哗啦的
那天夜晚，黄昏走失在打瞌睡的土地上
青枫树欣然发新芽，突破风声的屏障

一蔸树的影子消失了

黄昏褪去蓑衣，气温随着布谷鸟的歌声降落
太阳河畔的苞谷地，秋天的苞谷籽换上新装
隐藏在被窝里，一蔸树休眠必须经历的
人情世故，没有什么比得上苞谷酒的温暖

几个月没有下雨，九十九堡落满的尘土
犹如层层叠加的日子，厚厚的，高过山顶
没有人知道尘土从哪里来，要停留多久
心生怜悯的人间也无法在旱季流下泪水

火塘边明晃晃的火光掩盖不住苞谷酒的浓烈
远行的人居然忘记告诉陪伴终身的人
或许有意，也或许是意外，留下半碗苞谷酒
证明对人间冷暖的挂念，还有早晚拌嘴的人

火光越来越清淡，悬挂墙壁的影子渐行渐远
很想挽留，如何挽留？所有想法都是多余的
黄昏消失，布满尘土的日子也随之消失
人世间的生死情怀堆积满满一火塘灰烬

左耳倾听时光的声音

坐在黄昏跨越的门槛，右耳关闭人间的阀门
心海平静，左耳倾听晚风在屋檐下浏览时光
似睡非睡，想象八十多年走过的山川河流
所有世事都有一个定数，尘归尘，土归土

唯有孤独面对，春来秋往的万事万物
有生有死，起起落落也是瞬间的过客
还能怎么样呢？时光流落人间的痕迹
并非一个人的努力和祈祷就可以改变

看着雪花掩埋满头黑发，无法停止脚步
随风接踵而来，来去匆匆，依然空空如是
岁月催人老，掐住一些没完没了的过往
汗水渗透尘土，苞谷花一季又一季凋零

想来想去，生活是看着风声捶打命运的背景
时光走过的山河，游荡着走走停停的影子
或者看一看满山秋黄，一段唤醒生命的歌谣
耳边回响，万物的本真谁也没有办法改变

黄昏的背影渐行渐远，左耳倾听时光的声音
承认一生的积累也难以阻止黑夜的脚步
犹如泅渡灵魂，起早贪黑从此岸走到彼岸
或从春天前往秋天，走过一段收获的喜乐

挽留生命中的过客

从那年腊月十五开始，时光唯一挽留
一个生命中的过客，像栖息心房的布谷鸟
人的一生，永远滞留在自己的手掌上
一颗从自己身体里生长出来的苞谷籽

风湿的疼痛稀释了人间的狂欢
等待把灵魂安放在神台上的人们
与时光肩并肩奔跑，把时光挤进酒碗
味道淡淡的，像没有发酵成熟的苞谷酒

真心希望人间永远没有分离的痛苦
像一个人降落人间的腊月，寒风扎进肉体
一个人没有能力或勇气承受的疼痛
另一个人，却把所有捂在怀里疼在心里

自始至终，融为一体的天然植物相互吸收
对方的营养，同一种血液流淌在不同的血管
一根黑发跟随另一根白发，春天的太阳河畔
万物复苏，重叠的身影延续仡佬人的传说

尽自己所能

知道自己已经走进老年痴呆的时光
苞谷花凋落在太阳河畔，枯萎的样子
像土地抽干汗水的皱纹，暮年的风景
在脸上埋下山川河流的阴影

此时此刻，尽自己所能捡拾往日
一点点丢失在山里的记忆，想用这些
零零散散的碎片还原一个完整的
昼夜，黑白分明地摆放在人间

寒气袭来，风湿的触角拿捏着疼痛的风声
总是念念不忘，一个人降落人间的腊月
雪花纷飞的下午，独自一人烧火做饭
挑水劈柴，风湿开始在腰关节埋下罪孽

试图找回栽苞谷的日子，仡佬寨的狂欢
一切都是徒劳的，唯有挂在嘴边的故事
三岁时溺水的场景，耳朵听不见别人吵闹
将万物捏在手心，告诫自己，日子不多了

期盼变成微笑，变成精致的菜肴与山川
共度日月，一起等待脚步声在大地上消失
甚至等待忘记一切，忘记一切虚无
爱过人间的点点滴滴，以及被爱过的所有

一去不复返的年月

苞谷花已经凋落无数，太阳河依然奔流
黄昏之后，坚守秋天丰满的笑容
分别整整十年，风湿的疼痛卡在腿关节
兴风作浪，一群蚂蚁还在腰关节匍匐

每次吃饭，嫌弃盐太淡了，身体消瘦
那匹驮走岁月的瘦马越过九十九堡
影子就失散了，剩下的日子也越来越轻薄
一粒尘埃还在生长，也不清楚它落定的时辰

山梁上的一堆黄土，万年壶换了十次苞谷酒
鸡卦骨摆满神台，三月的布谷鸟一闪而过
回忆不起吵架时那些稀里糊涂的仡佬话
心里一直想找回来，那是泼出去的水啊

一起在苞谷地挥动锄头，结束同样的农活
也有同床异梦，闪电过后雨就跌停心跳
也想过彼此衰老的样子，一去不复返的年月
出乎意料，一个先走了十年，时光更加衰老

希　望

真的希望自己静静地度过每一天
尽管已经承受太多的痛苦，类风湿
带状疱疹后遗症以及平日里的酸甜苦辣
耳朵失聪，减轻很多流言蜚语的压力

一些人在渐渐衰老的视线中走散
像凋零的苞谷花，被风声揉碎
还在太阳河畔忙碌的人，跟其他人一样
饱经风雨的捶打，依然深爱这山川河流

想起很久远的琐事，一闪而过就忘记
重复回想的时候，一切都是新鲜的
半夜在火塘边走失的人，像熄灭的火光
卷走所剩无几的仡佬话，留下苍凉的灰烬

每一天都掐算归途的时辰，满脸期待
那场雪落下来，期待的日子越数越稀少
大把年纪的人，点亮火把看看仡佬寨风景
没有同龄人，剩下自己，一个孤独的苞谷人

真的希望自己静静地度过每一天
记忆变得越来越模糊，来来往往的身影
像天空飞散的云朵晃晃悠悠，白得透明
左手握住右手，感受从来没有过的温度

想　着

给予他人生命的时候承担了太多的风险
世间相遇是偶然中的必然，自然而然
是一蔸青枫树，是梦想重现的灵魂
是一颗苞谷籽延续另一颗苞谷籽的超越

看到疲惫的样子，很想归还一身力气
分担心中的累赘，缓解身体破碎的疼痛
成就一个生命遗留在关节深处的风湿
十分活跃，不得不承受命运如此沉重

把所有的想象归还，希望离开以后
神台上的明灯永远不会熄灭，照亮归途
一切愿望在目光中渐渐老去，在灵魂深处
寻找属于自己的灵魂，必将是终生的幸福

其实，这些想法早就尘埃落定，只是担心
泄露以后，会在期盼中失去所有的爱
只好忍耐着，默默地承受风湿的疼痛
承受希望的日子向前奔跑时脚步的重量

在医院梳理生命点滴

救护车的呼叫声扰乱了整个世界
不知道自己身处何方，又要到哪里去
人间摇摇晃晃的，也许生命就此结束
一种恐惧突然掩盖另一种恐惧
严严实实，身体从巅峰式迅速滑落无底深渊

喊着阿爸阿妈的名字，喊着兄弟姐妹的名字
喊着自己的名字，还有一些模糊不清的亲友
他们的回答声穿越太阳河，如此清澈透明
像风声像一草一木，接踵而来，安慰灵魂
声音贴在天花板上，医生的身影晃来晃去

一根钢针钻进血管，一股冰凉冰凉的风
从左手动脉顺势而上，停留在心脏的低谷
病危通知书，医生的签名重重地砸碎希望
人间原本是破碎的，需要耐心修补黏合
或许，这是命中注定的一劫，开始泅渡

不知道能否如愿，呼喊那么多人的名字
那么多人的回答声也纷纷掉落心头
太阳河畔的苞谷籽，九十九堡的青枫树
阿妈背负多年的风湿疼痛如此荒唐
阿爸忘记喝干的半碗苞谷酒，历历在目

右腿根部的大动脉被切开一个口子
一根导管插进血管，与机器有机连接
浑身的血液汇聚在心脏的储藏室
顺着导管涌向冰冷的机器，过滤后回流心脏
透析，生命中的毒素一遍又一遍筛选出来

半个月时间，把出生以来的身边事重新梳理
把将来可能发生的事细细规整，能够想到的
所有的以往或往后，全部摆放在病床上
甚至写进诗歌里，作为一种永久纪念
生死轮回，一段病痛的经历改变了生活态度

寂寞的日子一如既往

风湿的疼痛还在各个关节盘旋
带状疱疹从早到晚不停地翻滚
像风干的落叶，山火卷裹皮肤
从左到右，热辣辣的，神经细胞在疯狂

一个人，如同一粒孤独的尘土
从云贵高原瞬间掉进城市蜂拥的人群
到处都是新奇的，也似乎是古老的
除了自己的亲人，一个人也不认识
散步，谁也不认识谁，只能笑脸相迎
偶有言语，也只能各说各的方言
更不在乎对方能否听得懂其中的含义

沉沙般的日子，天亮了又黑，黑了又亮
总是寂寞地轮回，也许过了某一天
就会空荡荡的，像一座虚无的城池
只有透明的风声在爬山涉水

一些过往的身影在发丝上积满日月
河之上，山之下，风景停留在脸颊
斑驳的皱纹，穿梭着风吹雨打的沟壑
向世人证明曾经承受的世俗
游离在腰椎的风湿隐藏了太多的寂寞

那段时光

一

一些流言蜚语足够用来增添忧伤
杂乱无章的怨气填充时空
流淌在信息通道的泥泞
印染了春天，污浊浓墨重彩

人们已经忘记春暖花开
每天如同困兽一般，坐立不安
一些似是而非的信息伤筋动骨
在彷徨中等待彷徨，在失望中寻求希望

关闭话筒，不像堵住嘴巴那么简单
万物苏醒的季节，看不到春风杨柳
拨动嫩芽的声音，感叹依然深深埋藏
在黑夜般寂静的微光之下

等待一场雨，冲刷焦灼已久的土地
发烧的皮肤，还有透明的时光栅栏
隔绝了空气串通解码，如此这般
保护一场冠冕堂皇的杀戮与宣誓

二

口号淹没人间雕刻笑容的广告词
呼吸保留在各自拥有的有限空间
城市的大街小巷以及乡村的单门独户
纷纷被切割成整齐划一的方块
所有的道路，包括传达信息的无形通道
人与人之间沟通的密码变幻莫测
各种风言风语潮水般蜂拥而至

爆炸性新闻此起彼伏，疯狂的风
流窜东西南北，阻挡透明的悲伤
大多数人自觉关闭呼吸新鲜空气的闸门
雪从一座座高山或高楼坠落
砸伤停泊一个季节的心情
危机四伏的野火遍地燃烧

三

纷繁复杂的信息穿透耳膜
大大小小，有粗糙的也有细腻的
甚至还有许多斑斓的诱惑
希望与失望充满信心接踵而来

人们不得不耗尽冬天的冰凉
冻醒听觉，在凌晨或者
太阳快要归西的时候
异样的声音疯狂地泅渡时光

耳膜无法承受如此猖獗的
暴力，一次次捶打灵魂的天花板
到处贴满空白，参差不齐地
挤满想象与判断的通道

都听到了什么？有或者没有
一些疲惫的意念肆无忌惮地
堆砌一摞又一摞荒芜的日子
留下无数沟通密码的钥匙

在脑子迟钝的最后一刻
听觉已经生锈，一场细雨
轻轻地，从天而降
洗刷多日结痂的声响

四

人们陷入某些话语的泥潭

思想已经偏离轨道，不可逆转
许多事物遭受恶语中伤

人间的定力几乎坍塌，像盲人
与前进的道路相向而行
把深渊当作天堂，似乎理所当然

总之，一些真相可以忽视
甚至被冬天冻结在黑暗，被淹没
在一浪高过一浪的流言蜚语中

所有的一切，让人与人无法言说
对于真相，那些乱七八糟的杂碎
需要一一实证，来不得半点虚假

五

就这样，万事万物晃晃悠悠地
走进一个冬天的末日，蓦然回首
发现自己是最孤单的那一个

黑夜突然降临，来之不易的思想
一阵狂风修改密码，钥匙失去意义

每个人都是另类，大家都这么说

抓住月光尾巴的那一刻，很惊讶
感觉自己的血液变成黑色的河流
蔓延在冰冷的流言蜚语里

钥匙丢失了，无法打开人间
冻僵的大门，隔离人与人之间的呼吸
原本是自由的，像雪花一样透明

无论时间的翅膀如何翻滚
孤单而轻薄的肉身依然我行我素
走进灵魂向往的诗和远方

熬过那段时光之后，一阵惊雷引爆
冬天的残忍与虚伪，乌云被一层层剥开
光亮，春天在雷声的轰鸣中苏醒

六

唉声叹气这么久，一蔸青枫树在风中
裸露脆弱的悲伤，泪水找到河流的方向
但是，冬天的阳光还没有收紧咎啬

依然从东方升起，履行早起晚睡的程序

时光，对于世间万物绝对公平
不多也不少，没有偏爱一山一水
冰冷的阴霾暂时来大地上走一回
生活回归，生老病死，人生常态

所以啊，没有一样事物值得埋怨
该干嘛就干嘛，顺其自然，即使老天
塌下来那又怎么样？安心过好每一天
一切都会好起来，春暖花开，平安吉祥

在荒芜的人间留下一些时光

似乎来过，可什么也想不起来了
生命的记忆渐渐荒芜，散落人间的日子
犹如一场烟雨，模糊了视线
打开天窗之前的云朵，飘落人间
青枫树上停歇的布谷鸟，把心提到嗓子眼
歌唱一曲命运的悲欢离合

喝下一口苞谷酒，向日月摘取孤独
在荒芜的人间留下一些时光
曾经鸡毛蒜皮的过往，梳理所有的得失
恨不得用一碗苞谷酒淹没
日积月累的风湿，甚至突如其来的爱情

多年以来，一直没有想明白媒婆的话
那么顺耳，把命运拴在一个男人心坎上
以为了却父母的心就可以返回童年的梦想
认为自己是幸福的，一生的起起落落
其他人体会不到，一只蚂蚁的孤单与稀薄

在心里，一些似是而非的往事
时不时翻来覆去地翻炒着，其中的味道
只有在褶皱纵横的脸上才能品鉴
右手摸着左手关节，拿捏风湿的痛
等待一些残余的时光一点一点地沉淀
孤独的花朵依然灿烂，黄昏的云朵一路西行

日　子

日子一点一点被咬碎，然后被吞噬
直到风景全部消失，没有一丝痕迹
也没有留下任何疼痛，如同风
声音一闪而过之后，万事万物回归平静

那些白得透明的日子，流星一般
没有影子，那么多杂乱无章的念想
不能揉成一团坠地有声的影子
或悲或喜也无从谈起，也没有诉说的理由

从这头走到那头，黑发披上银装
只有，把一颗心紧紧捂在怀里
保持原样，鲜红而滚烫
一种莫名的坚强支撑生命的存在

日子成了无法掩埋的记忆
永远不会消失，如同对一个人的思念
越想忘记越不能忘记，欲罢而不能
只好用牙齿咬烂，独自吞进肚子里

摁进身体里的事物不再重现

前脚迈向生命完美的原野，后脚匆匆地
把所有积攒下来的日子摁进身体里
一朵收缩了汗水的苞谷花，褪去往事
凝练出一个女人在人间所付出的心血

身躯佝偻，犹如一轮微笑的初月
悬挂风中，太阳河的风景摇摇晃晃
仡佬人神话般的想象，匍匐厚重的土地
穿越太阳河，留下人间万事万物的印迹

流动着沟壑纵横交错的皱纹，密密麻麻的
赤裸的影子若隐若现，此起彼伏地变换
风湿侵蚀的双脚极力支撑生活，颤悠悠的
黄昏走过九十九堡山脚，一切也该结束了

那些远行而去的名字经常在眼前跳来跳去
一朵透明的雪花，过滤了依然活着的人
一遍又一遍地模糊视线，已经习惯了
把遗漏的笑声收集在烛光散落的神台上

堆砌身躯的每个关节，像一朵苞谷花
干瘪的花瓣孤单地凋零于太阳河畔
稀疏的味道渗进泥土深处，流溢着
曾经花粉芳香的季节和纯粹的苞谷酒

遗忘的往事没有一件是值得悲伤的
绝对没有。自从记忆逃离生活的琐碎
习惯了这种简简单单的柴米油盐酱醋茶
任何往事重新复制，依然是曾经的往事

忘记过往的时光

从此以后，所有的往事都是没有发生过
刚刚说过的话，转过背就一干二净地忘记
曾经亲手栽种的苞谷，明明白白地站在眼前
依然会好奇地问：这是什么花花草草？

苞谷成熟的季节，秋天的颜色漫山遍野
布谷鸟掠过黄昏，摇醒一蔸青枫树的瞌睡
起茧的山歌沉淀在青枫树下，锈迹斑驳
一成不变的调子，收纳无数过往的酸甜苦辣

从泥土里生长出来，最后也要回到泥土里去
一路走来，孕育的苞谷籽以及酝酿的苞谷酒
留恋正在被时光掏空的瓷坛，一点一点地
破碎的风从堂屋呼啸而过，拍打火塘的火种

日子不停地添加柴木，火光倾斜摇晃的背影
散落在山间的仡佬话，招呼声由远而近传来
那些拿捏过岁月的手掌轻轻拍着枯瘦的肩膀
正如滤干汗水的苞谷花凋零在稀疏的发梢

所以，总是回忆不起走过的路有多长

或者说过的话、做过的事都可以重复再来

一遍甚至无数遍，一切好像从来没有发生过

包括曾经拥有的零零碎碎而晃悠悠的人间

听过的风声

掩埋在岁月的锈迹里，那么多年
听过的风声，没有一丝晃动的影子
身负沉重忧伤的夜，掉进一粒尘埃
一匹瘦小的马被风吹散在时光的长河

头顶星空的九十九堡，月光铺满苞谷地
栽种苞谷的仡佬人，一生一世
把苞谷地视为温床，月光当作棉被
梦想着苞谷酒犹如河水生生不息地流淌

听过风声的老人，把耳朵贴近土地安慰
逝去的灵魂，来来往往的身影转变成一股风
匍匐在翻阅无数的苞谷地，回味栽种的苞谷
或者其他五谷杂粮，甚至遗留人间的烟火

听过的风声，不再吵醒春天的苞谷籽
安静地睡在一个人的奶名里，梦想童年
或许是一种生命的归宿，成就不了别的
惊天动地的大事，却成就了一种难得的信仰

爱过的人

见与不见，春天都明明白白地发芽了
所有的生命蓄满能量，整装待发
一个季节必然会把另一个季节推倒
长了芽的种子传承基因，但不是原来的种子

人间万物不停更迭，有消亡，也有轮回
纷纷扬扬飘落的尘埃，时光的尘埃，生命的尘埃
有些属于自己，有些属于他人，有些什么也不是
一切的一切都是一晃而过，稍纵即逝

爱过也好，恨过也罢，时光无法沉淀自我
这是必然的。轻薄的年月谁也预想不到
晃来晃去的日子，轰轰烈烈地轻易掉进泥潭
而且生根发芽，但没有结出理想的果实

爱情都是些什么？在一地鸡毛的生活中
发了芽的种子长不出绿叶，更没有开花
干巴巴的，躺在春天里奢望秋天
唉，只能说是一个错了位又荒废时辰的季节

还是自己给自己松绑吧：把过去彻底遗忘
忘记彼此，忘记那些鸡毛蒜皮的所有
甚至忘记再去寻找爱的决心
只对生命中不可缺少的柴米油盐眷恋

走过的路

走过的路在太阳河畔长出厚实的棺木
走过的路在九十九堡为自己雕刻墓碑
走过的路从源头带走一个寨子，又带回另一个
走过的路在青枫树林迷失，但给人间留有后路

走过的路在春天里开满丰腴的苞谷花
花色淡黄，最朴实的色泽，最有魅力的味道
深埋在苞谷地里，充满活力的生命和希望
仡佬人的春天镶嵌在风口上，掉进秋天里

走过的路在纷飞的雪花里渐渐衰老
走过的路带走一些仡佬人透明的白，但更多的
仡佬人深信，走过的路不会带走生活的信仰
每年拜树节青枫树被苞谷酒灌醉，一切都醉了

想起祖先归去来兮的远方，走过的路留下
掩埋仡佬寨的背影，在人间有满意的果实
也有悲伤的瘪壳。苞谷或者其他五谷杂粮
以及鸡鸭牛羊马，走过的路落满天生的脚印

淋过的雨

在那个夏天的一个下午，一场雨说来就来
没有商量的余地，蓑衣也没有准备
苞谷酒还在坛子里垂头丧气
天空的脸色掩埋太阳河畔，一片昏暗

一场雨铺天盖地，稀里哗啦
被雨水充分淋透的人也顺势而为
狠狠地倒满一碗苞谷酒，一饮而尽
把一场雨摁进身体里，把一条河流深藏人间

一场雨被风拦腰折断，渐渐停止
犹如飞扬的尘埃掉进泥土里，回归家园
也犹如雨滴变成水蒸气，还原本真
一些人被雨淋湿透之后，原形毕露

但是，淋过的雨再也没有回到太阳河畔
穿过天空的声音，天空的蓝
遮住仡佬寨，一个烟火腾升的寨子
遮挡不住梦中的蓝，淋过一场雨之后的蓝

再也没有淋过的雨如此坦荡的事情
把春天的苞谷籽从泥土里唤醒
假如还有珍惜，就不要把苞谷酒喝干
不能让雨水的真情荒废人间

蹚过的河

这么多年过去了，已经生锈的砂砾
渐渐隐藏于杂草丛生的河床
斑驳的时光过滤了多少人的伤痛
谁也说不清楚的事物，一切过往空空如是

河水和往常一样，根据不同的季节
或大或小，大的时候像一群疯狂的野马
践踏五谷杂粮，小的时候却如轻纱
大与小的区别是任何云朵也匍匐不到的

蹚过的河，一条腰带绕过九十九堡
仡佬人祖先流传下来的古训牢牢刻在脑门上
不管时间多么久远，那些来来往往的身影
让后来者敬畏，一条无数人蹚过的河流

那个年月，人间万事万物都在流浪
像一条虚度光阴的河，一条奔流到海的河
没有任何理由埋怨那个年月，当然
除了被埋怨，没有什么值得人间感动的事物

想起仡佬寨的一些事

炊烟越来越清淡，甚至有些荒凉
时间一点一点从山脚下往上攀爬而来
杂草也是跟随而来，锈迹也是任性
相互怂恿着，似乎很快乐，也似乎风平浪静
一个古老的寨子背负烟火岁月的长河飘摇

一片杂草在冬天里枯萎，而枯萎的冬天
又在充满生机的春风里复活
"野火烧不尽，春风吹又生"
杂草、冬天、仡佬寨，一样都不会枯萎
离开只是暂时的告别。没有一样事物轻易消亡

仡佬话在风中流浪，寨上的仡佬话越来越少
即使裹挟在风的身体里也是如此
一些老人的忧伤为自己雕刻好墓碑
墓志铭也是自己用心撰写的，朴实而深情
很多流落人间的方言，也把一些习俗带走

有时候炊烟很高很浓，那也只是短暂的激情
外出的人总是这样：匆匆地来，又匆匆而去
也不知道从什么时候开始，老人与小孩
成了维系仡佬寨延续希望的灵魂，虽然遗憾
死亡在山脚下却步，仡佬寨依然生长快乐

风声摇曳的时候

时光打开春天的窗口
空气就开始沸腾起来
一个身影长出几根银发
滴落岁月的泪珠，在心里

太阳从额头上升起，越来越高
曾经的黑夜粉身碎骨
逃离视线，很多事物正在发芽
爱情或者被遗忘的植物

那些从泥土里发育的过程
有人说过，都是精心呵护的亲人
其实不用过多操心，想想也知道
所有的付出，犹如春风一样厚重

只要愿意，一匹马在身体里奔跑
直到消失于风声或者落叶边缘
故事起起落落，有开头就会有结果
偶尔中断，也在理所当然的情理中

回　味

老房子的柱头岭子，楼桴门框门板
穿越时空的房梁，以及一个人的老木
都是用杉木做的，很有年份的杉木
年复一年地，从九十九堡的泥巴地生长
或者，像太阳和月亮的去向一样
沿着时光的天梯来来回回互相追赶

苞谷、谷子，以及瓜瓜果果
甚至家禽牛羊
各有各的味道，在太阳河畔慢慢喂养
所有的一切，都有着相生相惜的命运
尽管各有各的路数，各有各的归宿
依然拥有同一个白天和黑夜的屋檐

等待着，风里来雨里去的过往
变或者不变，只是一转眼的事情
苦与乐，新与旧，生与死，得与失
又有谁能够说清楚所以然？还不如
心安理得地，站在自己的肩膀上
相互分享生命中积攒下来的悲欢离合

静夜思

深山里昼夜温差大，晚上睡得早
一觉醒来，梳理一下梦中的遗憾
曾经积累的日子重复折叠
多余的细枝末节，丢进黑夜
仅存的仡佬话挂在墙上凉快
时光过滤的痕迹清晰可见

白天与黑夜，气温落差十度以上
走过的路被夜幕隐隐收藏
一颗厚实的心也被夜幕收藏
一切都无所谓对错，为了生活
从童年走向暮年，很长的路
又瘦又小，瘦小也是值得赞美的

与时间赛跑，尽量缩短梦想的距离
把生锈的太阳河、九十九堡
把祖辈们留下的古训，认识的
或不认识的，通通在脑子里还原
时光褪去了原有的底色，保持
万事万物在抵御风险中平安无事

走过的山路，从仡佬寨伸向远方

又在脑子里重新浏览了一遍

一道道风景，随着夜色瞌睡

心情平静，山里的夜色更是平静如水

一些记忆，很像治愈之后的疤痕

凝结了体内的疯狂与不安

安慰阿妈

已经苍老，皱纹密布，皮肤松散
八十多年的风和雨，苦过，累过
有许多欢歌笑语。快要散架的身子骨
一座被岁月精心雕琢的毛坯房

一切都淋漓尽致地展示
结痂多年的日子，尽自己所能
用心中所有的诗歌重新装饰
一路走来的生活，包括伤痛的眼泪

所以，被诗歌蕴含的幸福和赞美
紧紧地，不断更换新装
从此，在所剩无几的路途上
充满延长生命的希望和坚强

时光从太阳河畔滑落，云卷云舒
苞谷黄了一季又一季，汗水稀释汗水
房前屋后的鸡鸭牛羊，做着好梦
节日消失，声音堵在人间沙哑的咽喉

瞬　间

一转身，已是形同陌路
过去的一切，山河荒芜
冷暖，黑白，以及长长短短
变得越来越模糊，徒有虚名
应该召唤的灵魂，不翼而飞

也许，曾经是一个陌生人的打扮
给人间使了个障眼法，然后
一去不复返，最终让一场雪
匍匐苍穹，还原当年的模样
所做的一切都是真实的谎言

就在一瞬间，很轻易地
骗走一个人单薄的尊严
却骗不了一首诗歌的距离
两颗心紧紧地挨着
诗歌的魅力，布谷鸟来回翻唱

很多事物是想象不到的
在一场雪到来之前
要用多大的耐力和胆量
才能放倒一蔸青枫树的背影
一炷香，无法回味黄昏的底色

落日迟迟游荡在天边

火光把黑夜阻挡在窗外

收紧所有流落太阳河畔的时光

包括人间喜怒哀乐，悲欢离合

以及一碗苞谷酒放慢醉意的速度

那个冬天

一场雪之后，人间呈现透明的白
一个人终于见到了离散多年的祖先
花白的胡子像飘零的雪花漫天飞扬
泪水冲垮阴阳相隔的栅栏

2013 年第一场雪，突如其来的事物
冻伤童年生活，没有一点天真
从此以后，再也不是原来的自己
淘气的男孩，融化了一片雪花

那个冬天，听到两个声音
一个人和祖先对话，一问一答
很纯正的仡佬话，两个苍老的男人
讲蛊或者一个鬼魂出没的故事

还有问候彼此，身子骨好与不好
那台酒甄漏风了，藏不住苞谷酒
酒娘子早已升天，太可惜了
酒碗空空的，留不住一句客人的问候

一颗苞谷籽敲开春天的房门

在太阳河畔挥舞锄头
挖出一个个土窝
种下一颗颗苞谷籽
然后，等待幸福生活发芽

一颗苞谷籽敲开春天的房门
问候苍天，人世间的美好
从此山花烂漫，期盼收获
醉倒在忙碌的晒台上

对照万事万物，一颗苞谷籽
翻动一年四季风景，奏响乐章
完成一次灵魂的升华，对着苍天
一滴滴醇香的苞谷酒献给人间

一路走来，从苞谷籽到苞谷酒
从泥土跳进酒碗疯狂的样子
以及每一次回归自然的呼喊
一次破门而出的姿态，诗意浓浓

无法逃离的往事

人到中年，一些往事越来越无法逃离
回到那个童年的仡佬寨，把心隐藏
一个很有味道的年月，在太阳河
流动的诗歌凝结当初的记忆

一切依旧那么充满诱惑，充满信任
老房子还是老样子，只是泥巴墙
时光剥离无数层，皮肤越来越薄
衰老的褶皱清晰可见或触手可得

晒台还是老样子：苞谷、南瓜、麻雀
以及其他丰收的岁月落满一地
曾经的老人不见了，那些手拉手
一起长大的童年，也开始走向暮年

寨上的太阳也是老样子，青枫树的果实
被秋天烘烤，黄澄澄的，吊在九十九堡
但是，因为离开的时间太久
覆盖乡愁的烟火多了几层生疏的情怀

家家户户屋里屋外，挂满喜悦的脸
完全再现了童年的印象，还是那么灿烂
腊肉、辣椒、苞谷以及孩子们的追打吵闹
一个桃园盛世的仡佬寨在山腰上跳舞

再次把消失多年的思念从头到尾梳理
认识或不认识，无论时间的距离如何悠长
诗和远方必定无法逃离太阳河的想象
永远镶嵌在平静如水的泥巴墙上

疗　伤

一颗苞谷籽落进雪里的痕迹很浅
重量很轻，砸不碎雪花透明的白
人间的疼痛，一场雪的疗伤就可以治愈
乱七八糟的疑难杂症，烟消云散

行走在雪地，如同一颗深陷虚无的苞谷籽
每一次呼吸都能够吐出一串清脆的脚印
雪花填埋寒风撕裂的伤口
万物在濒临衰败的危险时刻得以及时封冻

残雪堆里露出奢侈的苞谷芽，娇嫩而坚强
刺破冻结一个冬季的沉重，涌现一片惊喜
希望的春天从深埋的泥土里渐渐张开天眼
每一个生命都肩负着疗伤过后的狂欢

事实如此，寒风是冬天里隐藏的鱼刺
锋利只是为了刺破时光里的另一段沉沦
一颗苞谷籽的来路很清晰，有始有终
晃荡在酒碗里的波涛，即是人间天堂

想起自己的事

算命先生说了，八十三岁是一个劫数
告诉那些鸡鸭牛羊，也许是真的
降落人间的雪花一朵跟着一朵融化
还有什么意义？除了通体透明的白

无论如何，如果还能栽种一季苞谷
在太阳河畔，所有疼痛销声匿迹
苞谷的长势从春天开始迎合秋天
风湿脱落一地，剩下的日子一身轻松

想起一个远去的人，手持灯盏
在苞谷地来回晃悠，抚摸苞谷花
要么惦记一碗苞谷酒，要么向自己招手
算命先生的话不能当真，已渡过那劫数

该做的家事还可以继续，喂猪喂鸡
烧火煮饭，没有一样是最后一次
向自己也向别人坦白：的确要相信自己
把黄昏的事物安排在下一个春天

曾经飘落的雪花

没有人希望雪花再落一次，不希望悲伤重演
寒风刚刚吹过，春天就到来了，然后是夏天
雪花落在太阳河畔，也落在每个仡佬人心中
掩盖一个人的沉默，却放纵另一个人的伤痛

如今想起来，比如那个晚上的月色
在火塘边照亮一碗苞谷酒，一个人悄然离世
一些人的悲伤从天而降，雪花匍匐大地
莫名的失重感压得很低，让人难以喘气

无法峰回路转的事物是不能让一个人清醒的
多么令人疑惑啊：一个人毅然决然走失
没有留下一言半句，灯火烧伤另一个人的心情
人间骤然陌生，孤独的灵魂像一朵流浪的雪花

真的找不出一个正当理由能够抑制悲伤
荒诞的酒碗里，留下一个人稀薄的背影
把很多问号和埋怨一起融进苞谷酒
一饮而尽，什么都可以想，什么都可以不想

生命之轻反复考验每一个活着的人
然后用信仰来延长或者延续生命
万事万物相互依存的关系，人生的旅途
如同雪花飘落，一个只可意会不可言传的过程

一个人的屋里屋外

一个人独自坐在火塘边，烤火、喝酒
青枫柴烧完了，添上，再烧完
再添加，一摞接一摞的青枫柴
熊熊燃烧，火光照亮一个人的前程

屋外的雪花忽略了一个人的存在
或者灵魂归于何处，一朵顺着一朵
从天而降，甚至一朵攥着一朵
坠入人间，捕捉一个人的心情

雪花的融化也是消失，那么一朵雪花
需要多长时间才能回到天上。一个人
喝完一碗苞谷酒，又倒满另一碗
把肉体交给苞谷酒，独自陶醉

而灵魂，已在火光的牵手中远行
雪花落在不同的地方就有不同的脚印
一个人在屋里喝酒，一个灵魂在屋外徘徊
人间陷入雪花透明的白，忧伤苍茫辽阔

落叶印象

秋风萧瑟坠落土地，落叶归根
谁能证明这坠落的姿态没有秋天的收获
谁能证明这坠落的姿态不是生还的机遇
万事万物生生不息，生也是死，死亦是生

落叶脱离树枝，一直保持着
向下坠落的姿势，秋风卷裹着
落叶的肌肤，落叶始终怀着生的希望
只要渗进泥土，就有了生命的轮回

为了繁衍生息，赓续基因
祖辈们不惜一切代价掏空灵魂
甚至宁愿自己变成一片落叶，埋进泥土
在所不辞，泥土是滋养又一片绿叶的贡品

为了回归土地，延续生命
生者在有生之年托起灵魂，视死如归
直到肉身回归大自然安放的位置
生活不但要仰望星空，更要向下透视土地

所以活着，就是在坠落人间时不断寻求
生命延续的意义以及超越自我的过程
从落叶的印象中看到：上就是下，下亦是上
生活的意义如此，生命的意义亦如是

第三辑

那
些
痛

一朵疼痛的云

其实，一旦进入莫名的情感
像云朵，在人世间
没有任何事物能够虚情假意

每一个伤口都是清晰的
透明可见的云朵，一朵碾压一朵
锁住自己的情绪，避免疼痛发芽

疼痛就是一朵难以名状的云
像这一朵，也像那一朵
一切都有可能是透明的疼痛

犹如约定俗成，不能更改的程序
隐藏在一些潮湿的阴影里
很小，听不到一点风声

唉，这样的疼痛常常令人胆战心惊
行走的身子也是倾斜的
始终不能把眼前的人看得正直

无所谓

甚至是风或一片草木，是黄昏逃脱黑夜的追逐
有着生无可恋的情节，依附骨瘦如柴的身影
承载摇摇晃晃的日子，美好的一切
隐藏开花结果的季节，以及一颗苞谷籽
从泥土里生长到流进碗里的苞谷酒
演变的过程像额头上的皱纹，由浅入深
眼睛里的光，充满生存的无限希望

卸下一生不堪的负重，风湿不属于疾病的痛
如同重返童年的天真，想象往后的幸福
感恩生活的磨难，包括风湿遗留的残渣
还有佝偻的腰身，太阳雨中呈现的彩虹
还原时光过滤之后的本色，关节上的疼痛
似乎成了身体里一个季节重新变更的夜色

开始就预感到月光流逝的痕迹，从东到西
此时此刻，风湿的流向再也不是由外而内
疼痛依然十分顽固，总是停留在心坎上
衰老的斑斑点点，忍耐呻吟之前匍匐脸颊
石头一般坚硬的心，也不在乎疾病的痛
风湿常年兴风作浪也无济于事

走着走着，就忘记了

从太阳河畔走到九十九堡，已是黄昏
成年累月捡拾的日子，散落一地
空荡荡的脑壳珍藏的记忆越来越稀少
陈年的生活琐碎变成新鲜出炉的往事

人老了，所有季节都无能为力
类风湿、带状疱疹，或者其他人间的病痛
接踵而来，也不存在先来后到的礼数
没有白天黑夜，冲着没有多少斤两的躯体

遗留在苞谷地里的脚印，蹚过太阳河之后
开始丈量，生命的归途还剩下多少尺寸
人间的尺码能不能测量出期盼的长和短
这些都不重要，努力向前才是生活的意义

从一个寨子到另一个寨子，无非柴米油盐
锅碗瓢盆互相碰撞的声音碾碎时光
本该站在风口的带状疱疹隐藏身后
免除撕心裂肺的疼痛，在人间摇摇晃晃

每一种事物起因都不相同，在神经细胞里
疼痛感是一样的，不温不火或者翻江倒海
从左心房穿过右心房，从右心房回流左心房
人间的阴阳交错经历一遍又一遍尝试

疼痛，成为泅渡时光的唯一负担
日积月累，养成一种忍耐的生活习惯
沉重的痛感不知不觉淹没所有记忆
疼痛已无所谓疼痛，一切心平气和地相处

先于黄昏降落

无法预料，难以接受突如其来的事实
那么多病痛都承受了，没有理由把痛风
当成说到就到的黄昏，也没有那么自私
自私到寒气袭来之前就把病痛的缘由落定

翻过山梁的冷风传来一些音讯
一场病痛埋葬的火焰无法回避
年龄成长也是无法回避，说来就来的征兆
也许病痛根源因为一次寒气的来袭而了结

无法忍受一朵紫红色的云燃烧，滚烫的汗水
从每个毛孔倾巢而出，没有歇脚的意思
经历过内心痛苦的人，月光下走失在远方
祈祷，承受病痛折磨的人能够承受所有苦难

留下一个透明的冬天，一朵透明的雪花
打开天窗的钥匙交给灵魂，也是透明的三月
每次上香掩埋疼痛，也是一次虔诚的祷告
但愿黄昏降落的痛风休止于脚指头的忍耐

不要再扩散到其他关节，不要再折磨灵魂
多年积攒的医术，痛风降落之前就坚信真理
正方或偏方的中草药搭配止痛片掩盖脚指头
一朵云被老姜汤淹没于日月深渊，干干净净

紫红色的云朵

降落在大脚指关节处，心情从来没有如此荒芜
人间没有多少颜色与紫红色的云朵相生相守
忍耐成为生活的极限，火辣辣的疼痛掩埋过往
一切缘由都是如果，疼痛一夜之间被月光覆盖

承受和忍耐在崩溃面前似乎微不足道
忙忙碌碌的日子以及一次瞬间袭来的寒气
在夜深人静处偶遇，灵魂肩负的累赘
压断没有设防的稻草，老姜汤在火上翻江倒海

如果一碗老姜汤能够摁住痛风的疯狂
卸下默默等待的累赘，与时光的脾气和解
相向而行，一种梦寐以求的结局
痛风也应该理解降落脚指头的羞愧与傲慢

接下来的日子，一个星期或者稍多一些
老姜汤渐渐渗透痛风的脉络甚至凌乱的筋骨
一点一点地吞噬残云，熊熊燃烧的火焰
熄灭紫红色的云，新的生活场景绽放异彩

从心坎上脱落

过了一个星期，提着大脚指关节的痛风
风干的落叶坠地有声，很轻盈也很清脆
褪去脚指头上的紫红色风景，人间很轻松
似乎穿越一个世纪，没有疼痛的呐喊

过了这道坎，把痛苦摁进堆满世俗的土地
不算是一个聪明的人，甚至笨手笨脚的
摁住一朵透明的云，一场欢快的细雨
纷纷滴落人间，洗涤昏暗潮湿的心情

清楚地看到痛风残留的沉渣，一点一点地
从脚指头脱落，像山上的落石倾然而下
端起一碗老姜汤一饮而尽的时候
痛风剥离每一根神经，消失得无影无踪

勇敢地面对一团虚无的白挥手告别的情景
莫名的悸动，心里琢磨一朵透明的云从何而来
又从心坎上消失殆尽，没有任何浪漫的痕迹
不是一时饮食所致，所有前因后果肯定有理由

许多年以来，不太注意的生活细节
暴露在屋檐下，以为生活可以暂且放纵
没想到这样的放纵，便是人生美丽的过错
痛风开了一个滴血的口子，成了永远的痛

半夜掀起热浪

一根火柴在大脚指关节处点燃篝火
熊熊燃烧，饥渴源自对一滴水的祈求
一杯清水的碧波荡漾，一根钢针刺穿灵魂
痛风在脚指上结出一颗圆不溜秋的果子
漫无边际的紫红色，开始展示无穷的魅力

一颗圆不溜秋的果子无法阻止失眠
如同太阳散发的激情，火辣辣的
跟随飘摇在心坎上的罪证，疼痛难忍
必然的，一颗诞生在深更半夜的果子
坠落万般忍耐中，掀起一股热浪

非得彻夜难眠，向月光深处行走
难道这是独自承受的约定吗？
打开曾经轻松自如的表情，让世界明白
不再是一个视死如归的少年
痛风刮走了所有的想象，甚至所有欲望

疼痛一直延续

放弃治疗的心情，换一种方式面对生活
或妥协于固有的疼痛，包括风湿、带状疱疹
以及不小心摔倒导致生活骨折之后泛滥的痛
留存唯一的记忆：小时候因溺水造成的耳聋
正好听不到疼痛的撕裂之声，因祸得福？

也许这是愿意主动放弃生活琐碎的理由
所以，放弃之后的轻松有多轻松
只有天知道，一直轻松成了最后的期盼
谁不愿意这样呢？置身于这样的轻松
一只自由的布谷鸟，了无牵挂地飞来飞去

专注于想象的世界，从今天走向明天
专注于设定的结果，放下负重前行的包袱
走起路来自带风的感觉让摇晃的身影展露
生活的预示或馈赠，跌落黑夜破碎的忧愁
狠狠地摁进枕头里，任凭一切疼痛延续

没有任何理由证明，从自己的影子看透自己
摇晃的生活、延绵的亲情、匍匐大地的坚韧
人间知道如何珍惜一路积攒下来的日子
有闪光的，有昏暗的，也有没落的
隐藏的纯真在心里滋养生存的希望和勇气

如果无法阻止

经过多年努力，已经有了放弃治疗的打算
若无其事地对自己说，也对堆满桌面的草药说
一定要回到山里看守那群鸡鸭奔跑的背影
或者细心喂养一头肥胖的年猪过大年三十

这些事不需要草药供养，现在有点坐立不安
带状疱疹后遗症一直扰乱皮下神经，疼痛
像大火烧山一样，呼啦啦地卷走一片风景
退烧后的狼藉，神经痛不是一付草药就能扑灭

如果无法褪下一身疼痛，脱掉一件破碎的天衣
心甘情愿与疼痛安然无恙地生活
细数手里的日子，或许山里的某种草药也能缓解
闷躁的心情，孤独感一天接一天增加重量

沉迷于山隐的执念，沉迷于自我认定的结局
所以有如此大胆的想法：这种病无药可治
不如回到山里，坐在门槛上守候日落西山
心满意足，带状疱疹的触角还没有彻底切断

一切无法言说，医生明明白白地告诉
带状疱疹像个疯子，一时半会儿无法斩草除根
对症下药而外，还需要坚韧的耐心和毅力
无论如何，也要保持相互信任与精心呵护

守住一道阀门

疼痛，风湿还没有消失，带状疱疹又扎根腋下
没有人遭受这么多病痛的折磨，一个人负重
站立的双脚颤悠悠的，压在身上的沉重
也压在别人心里，这些疼痛别人无法接手

哪怕分担一根头发的重量，也是一辈子的幸运
偶尔想起这些，比如那年腊月十五晌午刚过
一个人在寒风催促中降落人间，那种莫名的痛
并非陌生，对于一个人却是天底下最幸福的痛

如今回想起来依然潸然泪下，无法还原的痛
永远不会忘记，直到各自安然回归土地
把所有病痛拒之门外。佝偻的背影在风中飘摇
提心吊胆地守住一道阀门，从白天看穿黑夜

耳朵失聪成为人世间的孤独者，走了的人
想不起来，活着的人也听不见他们所说的话
甚至觉得人世间没有什么事物值得悲伤
在平静的状态下虚度时光何尝不是幸事？

把所有美好拧成一股绳，然后牢牢拽在手里
过日子，该放松的放松，该收紧的收紧
只是别忘了：你是我的生命，我是你的骨肉
命运的安排。相互依存成就了人间赞美

撞碎透风的伤口

太阳河畔的苞谷花像一阵风呼啦啦滑过
满山的风景一夜之间更换新衣裳
季节的脚步如同昼夜交替，按部就班向前
风湿没有从腰间脱落，带状疱疹又生根腋下

退隐的布谷鸟迷失了归巢的坦途
干脆停歇歌喉，沙哑的音符坠落幽深的山谷
一些疼痛此起彼伏，游走了大半个世纪
固化的脾气说来就来，不给时间一点好脸色

宁愿承担一切谎言，在九十九堡点亮星火
八十几年人生沉浮，五味杂陈起起落落
向苍天膜拜，耗尽积攒多年的仡佬话
逐字逐句地斟酌被灵魂掏空的躯壳

太阳河尽头徘徊的背影，黄昏两手空空
渴望已久的瞌睡极力稳住一些漂泊的日子
在胸前摇摇欲坠，承受风吹雨打日晒
苞谷花熬出苞谷酒，渗透的劫数尘埃落定

在夜深人静处喂养一蔸悟通人性的中草药
敷上时光遗留的药渣，缓一缓伤口的疼痛
保持心脏跳动的节奏，轻松而平稳
人世间的病痛截流许多不可诉说的密码

一个似乎被岁月怀疑的名字渐渐消失
在过往人群中，想起断裂的太阳河流失的传说
铭记曾经的大浪淘沙，万事万物金光闪闪
照亮透风的伤口，该承受的事物一点都不会少

时光掩埋了一些零散的记忆

时光从太阳河畔苞谷地漫延上来，掩埋
佝偻的身体，首先是脚板，然后是头发
由黑变白，一遍又一遍地回想第一次溺水
之后失去右耳的听力，左耳是脆弱的摆件

苞谷花已经凋零，如同虚构的年龄褪去花色
土地渐渐还原沟壑纵横的褶皱和表达
身体呈现年龄的痕迹是自然而然的
想起算命先生笃定推算生命的终点

除此之外，没有其他想法，整天掐指数日子
终点到来的时候，寨子上热闹非凡，晒台堆满
流尽最后一滴血的猪羊，还有无数的鸡鸭
来回奔跑的蚂蚁吹起唢呐，在火塘边放声哀歌

灵魂脱离肉体的痛苦，犹如晴天霹雳
一个人死去，一些人活着，悲伤从虚无中诞生
对于人间，生与死不是某个年龄段濒临的危难
承受风湿煎熬的苞谷酒有足够的信心去冒险

任何一种病痛都习以为常，无非一碗苞谷酒
消解的疲劳，尝试无数中草药裹敷或针灸经络
难得短暂瞌睡，醒来左右寻找魂魄的栖息地
太阳河还是不变的河，苞谷地依然开满苞谷花

时光掩埋一个人的身体，掩埋不了一个人的心
一旦认定某种药物能够轻松地分享一次瞌睡
即使是一瞬间，也会擦拭每个疼痛的关节
如同时光蔓延，一并安抚一个人的灵魂

被囚禁的样子

眼巴巴看着日子从手板心滑落，像握不住的水
按时起床，按时吃药，按时梳理荒废的白发
心情好的时候把自己装进电视里，虽然听不懂
重复着看，看到最后一集，也忘得一干二净

人间美好的事物在眼前反复堆砌，又反复消失
用苞谷酒一次次摁住带状疱疹的疼痛
疼痛过于热辣，如同熊熊大火烧山的场景
火势顺着风势，卷走季节残留的枯枝败叶

看着院子里来回奔跑打闹嬉戏的鸡鸭
尘世中的人情世故已过眼云烟，一去不复返
日子的吵吵闹闹，始终听不出所以然
任凭风湿在各个关节游走，像穿墙而过的风声

如果有再一次走进苞谷地的机会，不会忘记
亲手栽种的植物，从锈迹的脚印脱落下来
丰满的苞谷籽，一定想起苞谷籽酝酿苞谷酒
漫长岁月，想起苞谷酒醉生梦死的春夏秋冬

于　是

那次相遇之后，总是盼着再次重逢
清理孤独，烦恼扔进九霄云外
望干的秋水变成细雨，纷纷洒落
滋润干枯的心情，久旱逢甘露

盘算着，往后的日子该如何打理
心坎上的尘埃，算是落定了
不能嘲笑，不能没有自己的想法
因为一次相遇，心生一个美好的明天

要走的路也许不长，也许很长很长
挥刀，谁也不能砍断思想的纤绳
牢牢拴在心坎上，很自私地
在过往的人群中细数一些笑脸

一闪而过的影子，重新过滤
回味遗留的温情，一遍又一遍
然后，安静地放在深夜的瞌睡里
心平气和，心静如水

遗　像

照相师按下快门，时光的微笑
瞬间定格了 2013 年的第一场雪
挂在墙上，一些亲人围坐着喝酒
从此，神台增添了一张香客的板凳

谁也没有想到，一次偶然的机会
一碗苞谷酒留下微醺之后难得的喜色
像一道随风飘落的风景，自然而然
成就了亲人们永久凝视的遗像

从左往右看，抑或从右往左看
微笑一样亲和，没有半点虚情假意
上香跪拜磕头的人不必理解其中缘由
只是，人世间需要这样深刻的信物

从来不吝啬的微笑，放下恩怨的人
心胸辽阔，茫茫苍苍的大地
除了亲情与信任，没有理由宽恕自己
心里头有阳光，照耀辽阔无边的人间

苞谷地

黄昏，像熟透了的苞谷籽
苞谷地渐渐收敛昔日羞涩的光芒
面朝太阳河叹息，一颗苞谷籽
落在胸膛上，惊醒一个苞谷人的自信

苞谷地能够长出一个灿烂的春天
漫无边际的绿酝酿秋天的风景
人世间从此增添一粒尘埃的重量
压低一个人在夜幕下行走的身影

苞谷地没有伤害一颗苞谷籽的私心
如同一个逝去的人没有吵醒亲人
跟随月光消失在太阳河流浪的尽头
掉进祖先们亲手修饰过的遗言里

一定要趁着夜深人静，留下苞谷地
约定俗成的密码，黑色的钥匙打开天窗
通往远方的幸福之路，与亲人们的背影相聚
灵魂栖息的苞谷地，生长一首祭祀三月的歌

影 子

其实，存在即是事实，朗朗乾坤
一个人被自己的影子遮挡
只有诗和远方依稀可见，信或者不信
春夏秋冬总是让最亲的人左右思念

长短大小也好，高矮肥瘦也罢
夜深人静，一匹瘦马驮走时光
消失在太阳河畔或者其他荒原
累了的时候，亲人会按下歇脚的步伐

如期掉进三月的酒碗，喝上一口
苞谷酒，如同春天迫不及待的绿芽
顺着香火，隐藏在亲人的祭词里
看着该看的人，或者让该看的人看见

季节过后，风声卷裹风声
影子淹没影子，祭词饱含尘埃
渗透一场仪式的狂欢，一切照旧
该种地的种地，等待经书来年重念

其实，消失即是重现。此起彼伏
房前屋后、太阳河畔、九十九堡
时光雕琢痕迹，一些从未断流的念想
若隐若现，万事万物终归人间情未了

大黄狗

主人已经远行，没有打扰任何事物
包括星光，得知主人离去的音讯
沉默寡言，甚至不吃不喝也不睡
在唢呐吹出的哀乐中失踪七天七夜

多年的陪伴，看家护院，赶山围猎
也担心过主人手上锋利的菜刀，或者
苞谷酒的脾性让主人冲昏头脑
其实，所有担心都是多余的

一场雪，透明的白覆盖主人的背影
终于回来了，拖着疲惫的身子
在主人醉酒躺过的墙脚呻吟
仿佛灵魂被掏空，悲伤的生物世界

想起过往，以及那些来来往往的身影
一晃而过，主人的微笑刺激神经
之后没有多久，真的成了消失的遗物
在远方陪伴主人喝上一壶纯正苞谷酒

夜色破碎

夜色破碎了。掩盖人间的色泽全部褪去
放逐手中轻柔的月光，在火塘边放歌
添上几根青枫柴，满上一碗苞谷酒
火光倒映的酒碗，摇摇晃晃的人间破碎

悄悄地一去不复返，不走白天走过的路
白天走过的路已经铺满雪花的白
多么寂静的白啊，打破无风的夜色
孤独的背影行走一条孤独的天路

孤独的路成为孤独者的背影，如同雪花的白
透明令人无可挑剔，没有一种语言可以表达
万物相生，万物各异，既看到自己也看清他者
冰冷的躯壳脱落灵魂，也脱落人间的疼痛

很轻松，如梦一般地行走，或许梦是没有的
赶路的心情薄如烟云，除了火塘里的灰烬
以及苞谷酒泼洒的夜色，五味杂陈，一地凌乱
没有无缘无故地消失，只是秘密收得太紧

夜色破碎，很多来不及说的话也一起破碎
留下的意义没有一样是有意义的
走过的路没有意义。活着的事物坚持活着
为了刨根问底的秘密，破碎的夜色流落人间

灵魂的脚印

过去多年，时光在人间留下什么呢？
在太阳河畔，在九十九堡，在仡佬寨
流落天涯的背影，来来回回重复着
与神台上的香火擦肩而过

脚印留在香灰里，或者渗进岁月的虚无里
或者顺着灯光，在人间寻找曾经相识的人
把相识的人的脚印还原给自己
最后，让自己的灵魂丢失在人间

曾经在苞谷地奔跑的脚印
没有停歇的季节，春天过了是夏天和秋天
秋天过了是苞谷籽还原苞谷酒的时节
没有停歇的意思，像奔流不息的河水

很难想象下一个脚印与上一个脚印重逢的样子
重合与变异，都有可能扭曲原来的心情
新与旧，虚与实，哪一样事物之间毫无关联？
没有。人间相生相依的一草一木一山一水

甚至很多时候，人间的所有脚印也是
你中有我，我中有你
植物也好，动物也罢，脚印消失后的疼痛
灵魂留下的冷暖，凝练成一炷香的温度

那些痛

人与人之间的疼痛是不一样的
或者疾病，或者磨难，抑或心灵的创伤
有些痛在表皮上，而有些却堵在骨髓里
无法疏散。一种无以名状的灵魂之痛

阳光从人间的胸膛穿过脊背
透视不同季节的细胞，尘埃一样细致
在荒芜的血管里找到自己的家园
栖息在时间之上，可以忘记一切疼痛

穿过没有风的夜晚，呼吸急促
哮喘的哭喊声响彻整个天空
一切疼痛如约而至，人间的苍老无法阻止
该失去的总会失去，包括孤独也会失去

等待发芽的万事万物被硬生生摁进泥土里
在春天，艰难地用牙齿磨碎疼痛的呻吟
人们看够一个世界后又义无反顾投身另一个世界
有一些灵魂消失，有一些灵魂也在老去的路上

消失的或正在老去的，都是人间的不可或缺
只是，对于疼痛的感受不一样而已
有的生长在里头，有的生长在外头
人间无法称重的损失，让灵魂提升一个层级

魂归何处

一阵飞机轰鸣声呼啸而过
瓦砾四溅，人间一片废墟
亲人毫无踪影，一个小女孩没有哭喊
愤怒，没有疼痛的目光灼伤医生的手
暖心安慰也无济于事。内伤严重
小女孩离开人间，目光依然坚毅

像暴风骤雨那样，一阵炮弹轰炸
活着的人毫无方向地奔跑
一个小女孩抱着弟弟的奶粉罐
挤在人群中，一切事物慌乱如麻
"他们炸毁了我们的房子"
"怎——么——办——？"
"我们逃离，我们不知道要去哪里？"

魂归何处？何处又是何处？
人间或天堂抑或地狱？唉……
那些老人或小孩真的无能为力

难道一切都是归于无能为力吗？
世界如此沉默

雪花隐藏苞谷籽发芽的痛

太阳河畔的冬天平静如水
风消失在仡佬寨暖和的枕头下
人间万事万物，瞌睡正找不到去处
屋檐下的锄头再也挖不出苞谷酒的灵魂

在寒冬腊月想起苞谷酒
所有酒坛子都打捞不出一颗苞谷籽
鸡毛蒜皮的疼痛，不值得一提
一颗苞谷籽无法掀起浓烈的巨浪

苞谷酒无所不能，一不小心
一碗苞谷酒瞬间掀翻一片苞谷地
好比一场雪掩埋之后的冬天
雪花隐藏苞谷籽发芽的疼痛

寒冬腊月，想起喝苞谷酒的人
消失在 2013 年第一场雪的背影
悄无声息，没有给任何人留下
任何话语，疼痛也融进忧伤的夜色

活着的人在神台上摆满苞谷酒祭奠
一个安放灵魂的地方，充满人间烟火
从那一场雪开始，所有春天的生机
孕育于冬天，动物或者植物，概莫能外

苞谷籽发芽的疼痛，从冬天开始
感觉不出的蠢蠢欲动，像喝醉苞谷酒的人
认为自己没有喝够，甚至根本没有喝酒
苞谷籽发芽的疼痛隐藏在透明的雪花里

晒台上弥留的身影

月光漫过太阳河畔，一颗苞谷籽的影子
稳稳当当地，坐在翻晒灵魂的晒台上
一个人从夜深人静的火光中悄然离去
火塘遗留的灰烬，疼痛添加给别人的重量

把所有的知心话抛洒在苞谷地里
提前栽种一季延迟了的苞谷
一切都是那么突如其来，没有任何征兆
人间的悲欢离合燃烧三月的香火

一颗苞谷籽的影子占据整个晒台
疼痛穿过胸膛，透明的血管充满血色
苞谷酒的力量越过悲伤的眼泪
人间亲情的距离顷刻缩短十万八千里

开辟一片苞谷地就能拥有一片江山
四季无忧地过上悠然自得的田园生活
离开熊熊燃烧的火光，行走远方
火塘里的灰烬喂养一颗苞谷籽的信仰

悲伤，落在苞谷酒里

坠落的声音如此清脆，也不在乎苞谷酒的温度
人间本来就有春夏秋冬，此时的寒风吹得更勤
忽南忽北，忽东忽西，把人间吹得破败不堪
肉体的存在或者消失都是天经地义的事物

令人感到一片空白的消息突如其来。第一场雪
2013 年一个悲伤的日子庄严肃穆，泪水被冻伤
假如一切事物行走的速度稍微缓慢一点
人间的疼痛找到一个缓冲阶梯，悲伤也会减持

在那个冬天，暴风雪第一次从天而降
仡佬寨陷入寂静，疼痛没有办法用语言表达
风一阵一阵地吹，疼痛一阵一阵地掉进酒碗
脆弱的悲伤一点也控制不住，任由泛滥

从仡佬寨流向太阳河畔，从漫天飞雪到火塘边
疼痛也不明白自己为什么要来，又到哪里去
不停地走，从一个人的皮肤流向每一根血管
落在苞谷酒里，留下三月的香火与永久的思念

摁不住心头上的痛

伤痛已经蔓延，从千里之外开始
一个人的远行，如此悄然无声
好像什么也没有改变，酒碗里的苞谷酒
还是满满当当的，火光渐渐化为灰烬

一支水烟筒变成虚构的古董
斑驳的尘埃尽显"人生得意须尽欢"
人间的审美过程抑或道德的衡量标准
与一个人的远行庄严地安放在神台上

一夜之间，仡佬寨摆设有序的道场
撕心的泪水轻如浮云，四处泛滥
仡佬话拦不住悲伤，哭泣是一种必然
沉重的哭声怎么也摁不住内心的伤痛

从此以后，一个人的背影来回徘徊
烟雨三月，仡佬寨点燃思念的香火
倒满苞谷酒，对着神台祈求风调雨顺
把敬重祖先的仪式当作一种信仰

那些仪式

逢年过节，神台打扫干干净净
香炉也是。各种祭祀需要的道具
三个碗，三个杯子，三个马匙，三双筷子
一样都不能少。那些仪式成为生活的一部分

"云南下来一条河，这里流来那里落
仡佬古时无住址，贵州迁来广西落"
太阳河，苞谷地，仡佬人有了落脚之地
先辈们把一种信仰安放在神台上

摆满丰盛的祭品：饭、鸡肉猪肉、苞谷酒
点燃三炷香，跪在神台前，庄严肃穆
人间的愿望在仪式上，开始默念先辈的名字
从最远的到最近的依次排辈，一个也不能少

三次献上祭品，纸钱燃烧完了，依然跪着
双目紧闭，祈求庇护，风调雨顺、人丁兴旺
不敢睁开眼，生怕看见九九八十一难之一
某年某月某日某时从天而降，撞碎人间喜乐

一袋烟的工夫，也没有忘记各路神仙
土地爷、门神、灶神以及其他左邻右舍
谁也得罪不起啊，人间的悲欢离合逃不过
一场仪式，一碗酒默送各回各家，心安理得

隐藏的谎言

一场雪，一个灵魂流浪远方，在太阳河畔
挖出时光遗弃的人情世故，不是没有病痛
不是喝完三碗苞谷酒之后才下地栽苞谷
拿捏不准的生死劫，被一些尘埃悄悄掩埋
一碗苞谷酒的透明如同雪花的白一样真诚
疼痛隐藏的谎言，毫无疑问也是真诚的

所有疼痛拧在一起，像雪花的白容易破碎
悲伤的存在，到了一定时辰也泄露天机
雪花从地里渐渐长高，疼痛深埋雪花的白
事实摆在人间，谎言在尘埃落定之前
明明白白的，流淌在疼痛生长的源头

那一场雪，青枫树、苞谷花、九十九堡
鸡鸭牛羊马，人间万事万物终究一场空白
谎言隐藏在疼痛的路上，甚至遮挡严实
渐行渐远的身影，或走向远方的苞谷地
砌起一道黑色风景，留在悲伤的心坎上

浓烈的伤痛来回穿梭贫瘠的阴阳之门
很多杂乱无章的世事，令人心神不定
需要跨过隐忍，等候苞谷籽发芽
日子溢出酒香，手持渡劫心灵灯盏的人
用三月的烟雨洗涤疼痛隐藏的谎言

无法褪去的印迹

在九十九堡，可以同一苑青枫树
甚至一个人重影，与一朵低矮的云牵手
三月烟雨，布谷鸟忧伤，点燃一炷香
自古遗传的训诫，太阳河永远向前奔流

一颗苞谷籽孕育另一颗苞谷籽
一种情感犹如一条河流，源远流长
一个人的年轮停止生长，2013 年第一场雪
冬天的白也是低矮的，风无法撬动时光

没有力气穿透的白，苞谷地隐藏的疼痛
内心的结锁紧房门，一个人悄无声息地走失
留下一火塘灰烬，满满当当的白
火光散尽，苞谷酒的味道洒满一地

一个人挥舞锄头，像挥舞一道黄昏
渐渐稀疏的头发，在天边飘飘扬扬
仿佛扎根九十九堡的青枫树，悲凉的背影
随风而动，俨然摆出遵循信仰的架势

先辈流传的遗言，仡佬寨一成不变
斗转星移，仡佬话渐渐缄默，几近荒芜
一些晃来晃去的面孔，似曾相识
又陌生于人间，万物生长的伤痛也如此

受伤的泪花

犹如飞来飞去的面孔，黄昏从太阳河畔
扑面而来，失散的时候降低温度
天昏地暗，冰冷的夜色开始围困一切事物

悲伤或孤独，一滴泪珠拖着一串泪珠
飞溅一地雪花，布谷鸟释放伤痛的声音
万事万物一片空白，人世间空空荡荡

多么伤心啊，一个人跟着黄昏消失
夜深人静的时候，没有留下只言片语
火光在火塘沉积的灰烬也是透明的白

一颗苞谷籽埋进土里，长出另一颗苞谷籽
一个人悄然离去，一个灵魂依然健在
酒曲拌合苞谷籽，苞谷酒醉倒一蔸青枫树

天地悲欢，泪花落满人间
苍凉，痛苦。那些透明的泪珠啊
每一粒都凝聚了太阳河畔的悲欢离合

烟雨三月，思念徘徊于心底，风声亦是
怀想也好，遵循也罢。迎来送往皆世俗
一炷香点燃尘世，仡佬人坚守如初的信仰

碎　片

或许，这是一个命中注定的骗局
一个人竭尽全力地活着
也只是在人间栖息一瞬间

面对一切事物的爱与悲伤
没有一个人不是历经风雨与岁月雕琢
但在生离死别的门前也是无能为力

生命说长也长，说短也短
一蔸树轰然倒下，痛苦也无济于事
聚散有时真的不由人，爱过就好

有些事情，经过之后才会明白
百分之百的努力不一定有百分之百的收成
悲欢离合也是人间常态

春夏秋冬，十里不同天，说变就变
身边人与身边事，莫不如此
在大地上奔跑的人，终究回归土地

站成一蔸树

说真的，每个人心中都有一蔸树
从树根到枝叶，长满风的摇曳
在人世间晃晃悠悠的，生活一辈子

而且深信，每个人都会成为一颗树种
生根发芽，开花结果，像四季周而复始
一道风景推动凡尘世俗轮回

一个生命的终结，是一炷香燃烧的过程
火光越来越脆弱，在归途消耗殆尽
留下的灰烬灼伤心灵，在烟雨三月重生

每个清明都唤醒一蔸树发芽
保持一种既不疏远又不亲近的距离
时光定格在一个人离世前的模样

比如日出日落，收拾那些落满黄昏的尘埃
对一个人站成一蔸树没有任何流言蜚语
伤痛也只是一种短暂的人情世故

没有后悔降落人间

悲伤的理由是足够的，所以流泪
如果保持沉默，那真的是背信弃义
一场雪，一蔸青枫树，一个人就这样远行
没有别的办法，只能让悲伤打落一场雪

苞谷酒还在荡漾，火塘里的灰烬
融进诗句透明的白，火光摇晃的背影
随风而去，一层又一层扯下沉默的云朵
疼痛不再是锈迹斑斑的谎言

喝下一碗苞谷酒，身体开始飘飘然
自我感觉可以隐忍一些眼泪受伤
那匹瘦马驮起一个人的遗愿跨过太阳河
一河流水萎缩，不知道天边的路有多长

一年修剪一次的荒芜，十年长了十茬
雪花凋落，与泥土融为一体，或者
灵魂再次升天，记不清天地轮回的路数
想找回消失的理由，没有一言半句证词

与那些走了很远很远的人打招呼
用仡佬话，口音语调都是一样的
看见他们离开时衰老或悲喜的样子
如同一颗苞谷籽，没有后悔降落人间

抚摸灵魂的伤痛

祖辈事先选定，一个灵魂搬迁的方向
选定那匹瘦马驮着夜色沉重的外套
公鸡鸣叫之前，翻越九十九堡
静默是祖辈的期待，不惊扰一草一木

人间的白降临，寨子的仡佬话有了仪式感
谁也说不出悲痛的原因，一个人的离去
仿佛撕裂每个人的神经，一条河流枯萎
一片空白之下的眼泪暗含莫名的疼痛

与生俱来无法改写的信仰，路途更加清晰
等待一场雪或者一场沉重的眼泪
一碗苞谷酒摇晃的火光越来越虚弱
灰烬也是轻盈至极，没有一点声响

这不是一个人说走就走的道场
对于活着的人，如同把内心的一朵云摔碎
曾经拥有的：鸡鸭牛羊马以及万事万物
一样也没有带走，摆在神台上与祖辈分享

那场雪降落的荒凉

说什么都晚了，相见最后一面已不可能
一个人悄然离去，足够另一个人后悔一辈子
比如痛苦，一个人在深夜消逝，一场雪降落

还没有到远行的年纪，怎么舍得抛弃人生百味
把自己摁进夜色，说自己是个喜欢走夜路的人
添加木柴，火烧得很旺，借助火光照亮前程

疼痛总是说来就来，伴随一场雪随风降落
一碗苞谷酒还没有喝完，也许是故意
留下脆弱的火光，在酒碗里摇摇晃晃

自己也没有想到，怎么会走得那么突然
匆忙赶路，也不知道右手牵住多少牛羊
血是不能看见的，透明的白蒙不住祖先的眼睛

一场雪到底能够降落多少斤疼痛
这是一个哲学问题，答案泄露仡佬人的信仰
或许还隐藏很多秘密：一碗苞谷酒里的生活

只是，对于 2013 年那一场雪
很多年以后，依然相信自己遗留的疼痛
人间铺满多少荒凉，从来没有想过后悔的事物

雪　夜

手持水烟筒的人坐在火塘边，脸色祥和
一匹瘦马经过仡佬寨，卸下黄昏与疲惫
身披外套，一个灵魂在神台上徘徊

远行的路上还有很多相互打招呼的人
他们讲仡佬话，腔调一点都没有变
口音纯正，如同雪花一尘不染

雪花一朵接一朵，被风摁进人间的空白
即使凌乱，也还保持一种温和的姿态
雪夜可以吞没一切，包括一个人的病痛

一颗苞谷籽喜欢在冬天孕育苞谷花
一个人为什么不辞而别，万物散尽天涯
有多少痛苦和眼泪一夜之间泛滥

火光残留的灰烬，像白色的风景
寒风抹平太阳河午夜的波光
一碗苞谷酒对雪夜的成全，如此干脆利落

安静下来就好

一个人走进雪夜的白，火光在苞谷酒里晃荡
该走的路已经走完了，更新的路才刚刚起步
毅然决然的时候，一个人管不了人间的烦恼

一片苞谷地耕种一辈子，还有太阳河提心吊胆
那些开始发芽的苞谷籽，总不能浪费大好春光
开弓没有回头箭，只能把鸡鸭牛羊放在神台上

一个人走得如此匆忙，偶尔停下脚步回望
那碗苞谷酒依然满满当当，摇曳火光
火塘里的灰烬令人悲伤，痛到圪佬寨的炊烟

想起一匹瘦马，用青春驮起一个寨子
走到另一个寨子，在九十九堡安顿一颗苞谷籽
重新焕发新芽，喜乐从此覆盖太阳河畔的黑土

唉，该走的人都走了十来年，悲伤渐渐消退
苞谷籽还是一季接一季生长，苞谷酒也有
雪花落地就化，没有谁梦见一个人慌张的背影

虔诚的信仰

疼痛的负担，如同降落人间的沉重
也犹如爱一个人一样深沉，那一场雪
来自冬天的绝望，很轻易就覆盖太阳河畔
如果可以，瞬间埋没山山水水一草一木

对于疼痛的隐忍，长久以来也是这样
深陷于漫无边际的空白，人生如此常态
除了受伤的眼泪和声声叹息，时光吞没
没有谁知道一个人悄无声息离世的前因后果

太阳河已经萎缩，听不到浩浩荡荡的水声
有一种可能：一个人离世前喝干一碗苞谷酒
再倒满另一碗苞谷酒，再添加更多的柴火
火光化为灰烬，灵魂消失于夜色撕裂的伤口

从那一刻开始，一个人右手牵着一匹瘦马
穿行在一场雪的空白里，一路翻山越岭
只有自己明白，在漫天飞雪中剥离冬天的温暖
毕恭毕敬地供奉给祖先，需要多么虔诚的信仰

那一夜

黄昏在九十九堡铺下夜色，拖走一天的疲惫
仡佬寨平静如水，一个人满上一碗苞谷酒
火塘摞起柴火，火光摇晃夜的影子

或许那一夜已经准备了很久，七十五年
一个人轻描淡写地放下心中的执念
悄然离世，月光落地的声音比脚步声脆响

一个人走得如此简单明了，没有拖泥带水
只言片语或一声疼痛的呻吟也销声匿迹
无忧无虑的表情，悲伤卡在人间的喉咙

时间总是掐算得那么准确无误
夜深人静时，仡佬寨进入梦境生活
剩下半碗苞谷酒与一火塘灰烬作为生死胎记

安然也好，病痛也罢，难以逃离自然法则
一个人的前世今生以及以后的以后也固定
在那一夜，遗漏人间的悲伤什么时候退烧？

想象不到的

除了苞谷酒，已经不再关心苞谷的长势
在太阳河畔栽苞谷几十年，春夏秋冬
只留下苞谷地的秘密。甚至把悲伤当作谎言

一个人长年累月匍匐土地，什么都看得通透
比如那天下午，砍倒一苑青枫树
点上一支烟，把黄昏扯下来，洒满人间

把柴火背回家，放进火塘里，火光照亮夜色
也照亮万事万物。那是一个多么难忘的夜晚
一个人丢下一火塘灰烬，消失在火光里

只是把想象不到的悲伤遗漏在仡佬寨
火塘边上的酒碗，剩下半碗苞谷酒
碗口敞开着，任凭风声不停地灌进来

此后，那些怀念的事物都交给三月的一炷香
该讲的或者还想要讲的话在神台上再过一遍
一个人再次唤醒仡佬人灵魂里深藏的信仰

一个人的修行

一个人的远行，一匹马驮走一个寨子的喜乐
轻松离开的同时，埋下好多暂时的痛苦
一颗苞谷籽的理想在即将填满秋天的时候夭折

谁也没有想到，一夜之间，寒风呼啸
雪花为一个人铺平道路，一生一世的前程
路边的花草、青枫树以及无数倾诉过的植物
点亮青灯。祖先一诺千金的话既成事实
一路插满白旗，天门也是敞开的，道路光明

"来吧，孩子！到你想去或该去的地方
翻过九十九道弯，渡过通天河，还有石板路
你是幸运的，没有忧伤可以阻挡你的前程"
祖先们的仡佬话还是那么亲切，那么顺耳

毅然决然，只留下半碗苞谷酒和那支水烟筒
证明自己曾经温暖过人间，栽种苞谷
但是啊，全然不知道自己丢下的阴影
痛苦，让一些人的眼泪撕裂灵魂的伤口

用泪水洗涤悲伤吧，用思念安放灵魂
把一个人遗留的半碗苞谷酒摆上神台
一定记住，决不能让信仰错过三月的烟雨

这世间，一个人什么都可以失去
唯独苞谷酒不行。时光走得那么匆忙
剩下的，在深夜摇曳火光的是一碗苞谷酒
一个人的修行，从一片荒芜走进另一片空白
按下祖先手印，一颗苞谷籽的灵魂坠落太阳河

人间的长度

很显然，苞谷的黄已经截留秋天的黄
人间不可能长过太阳河的流水
有可能还短于它所隐藏的万事万物
如同秋天的黄煽动一颗苞谷籽的灵魂

苞谷酒流水一般，流进风里的味道如此疯狂
醉酒的男人，声音一个比一个高高在上
苞谷籽的发芽在一个人的骨头里流出水声
人间的秘密被泄露，一草一木口无遮拦

人间的长度到底要多长才算长
有人用手指在神台上掐算过无数次

一颗苞谷籽在风里发芽，被春天扯住衣袖
一个人消失在夜色中，被祖先拉着手
忘记人间很多事物，仿佛找到新的去处
命中注定的寨子，陌生而熟悉的人来来往往

好像在哪一块苞谷地见过，一起栽苞谷
也似乎没有见过，长辈讲的哪一个亲戚
落在地上的声音很熟悉，一定是仡佬话
一串一串的，从很远很远的天边滚落下来

人间的长度到底要多长才算长
有人用手指在心里掐算过无数次

隐　藏

最后还是收不住衣角，一股风穿过胸膛
卡在腰椎，不久又脱落到膝盖上
所有日子都与风湿有关：算卦、中药或西药

有时也会轻松一些，太阳出来，天上白云飘飘
一些人的生老病死，一些药物轮换着吃
日子就这样简单过着，也少不了一些提心吊胆

没有什么值得嫌弃的，也没有因为一点疼痛
风湿久不久挤压神经，针尖扎破夜色
唉，都这把年纪了，也算是积攒熬夜的耐性

再难的事也要等到天亮才肯讲给别人听
拿捏整整一夜的疼痛丢到太阳底下暴晒
站在门口，大声叫唤一群鸡鸭：来吃苞谷啰

栽了一辈子苞谷，收获那么多人间事物
一颗苞谷籽到另一颗苞谷籽，再到一碗苞谷酒
什么都舍得扛在肩上，包括一场风湿缠身而终

那一场雪

来得那么突然，九十九堡堆满云朵
火光在第一朵雪花敲门之前吞没黄昏
再添上一些柴火，一碗苞谷酒摇晃着
噼里啪啦的燃爆声，今晚祖先在远方等待

人生一世很不容易，吃粗粮穿土布是平常事
日子走到最后被一场雪花打乱，压断青枫树
灵魂粉身碎骨，掉进悲伤的深渊
低矮的夜色再也拦不住一个人远行的决心

借着明晃晃的火光，丢下半碗苞谷酒
也许是故意的，或者真的来不及告诉
没有一句话挂在门把上，灰烬越来越白
还是透明一点好，透明了什么都一了百了

忘记一些痛苦会传给谁，或许一场雪
真的是一场虚无的白，落在酒碗里
没有荡涤的声响也是可以被人怀念的
所以啊，告诉与不告诉都是悲伤的事物

无论走到哪里，一场雪一定有个落脚点
掉在地上，融进泥土，回归一片荒原
尘归尘，土归土，一切事物不相埋怨
一场雪照样下着，该走的也走了，悲伤结痂

黄　昏

顺着九十九堡下去，就可以落脚仡佬寨
最后黄昏落在房顶上，青瓦片咔咔咔脆响
炊烟袅袅，留在人间稀薄的光
敷衍太阳河畔的一草一木，景色渐渐黯淡

一蔸青枫树，黄昏来临会变得低矮
如果所有的树拢在一起，也被压得很低很低
活在别人制定的游戏规则里，一辈子
用尽所有，让自己看起来与他人有所区别

夜色落在树梢上，落在房前屋后
鸡鸭牛羊以及很多事物也落在夜色的沉静里
一个人独自坐在火塘边，喝苞谷酒
任凭火光打在脸上，噼里啪啦的声音很清脆

人啊，降落人间就要习惯面对生死世俗
包括渐渐荒芜的时光，不清楚隐藏多少秘密
直到即将离开，一碗苞谷酒成了最后的陪伴
黄昏无声无息，夜色也无声无息

总算明白一个道理，留给他人的只有悲伤
一种自然规律，灰烬透明的白填满火塘
灵魂从肉体悄然脱落，与火光一起失踪
留下虚无一地荒凉，人间茫茫苍苍

春　殇

一颗苞谷籽夭折了，谁也无法预料
浑身长满莫名其妙的疱疹，斑斑点点的
病菌侵蚀人间的疤痕已经结痂
依然有着蔓延来年的风险

想起一颗苞谷籽占领春天的绿
泥土里遗留了命运潮湿的阴影
飘浮在天空，一朵乌黑至极的云
锈迹的苞谷籽卡在甲壳虫锋利的牙尖上

一个装满苞谷酒的瓷碗，空空荡荡
这空得透明的白充满致命的诱惑
春天即将消失的时候，苞谷地换上蓑衣
遮风挡雨，万事万物在病菌的呐喊声中蜕变

如果说，春天还有什么值得惋惜的
苞谷地跌落一个陷阱，像甲壳虫的眼睛
苞谷籽被时光吞噬在黑色的脓疱里
无奈地等着自己的心身一天天垮塌和腐朽

悄然回归

月亮低下头颅，火光就消散了
喝完一碗苞谷酒，收拾昨天剩下的青枫柴
再次琢磨一些刀伤，流出的血液或呻吟
以及火塘残留的温度也是亲人

唯一的灰烬竟然堆砌一朵朵雪花
飘飘然，从四面八方降落神台
夜色遗落的火把，正是无意中生长的悲伤
在人间，一匹老马越来越瘦小

已经无能为力承担任何风吹草动的伤痛
雪花的白一直延续，越过老马翻风的鬃毛
消失在万事万物的光影之中，急匆匆地
放弃爱，逃避人间剩下的最后一道时光

荒凉的酒瘾，瞬间被碾压破碎
身体摇摇晃晃，与灵魂渐渐分离
也没有留下只言片语，也不在乎这些
只有孤独的火光，爱与思念也是孤独的

无意义也是一种疗效

时光一遍又一遍地过滤病痛
季节重复轮换衣服，花色各异
中药与西药如昼夜更替，很快变质
失去疗效，药方甚至可有可无

一切事物无法把持规律，命运也是
山转水转人也转。淡淡的忧伤坠落胸口
一朵流云堵住风声，拦腰折断往事
什么都想不起来，什么都像梦一样新奇

用自己的身体承受别人的痛苦
病入深渊时忘记病根生于何处
吃药也变成可有可无的生活程序
苞谷的长势对于自己也是无意义的

人间如此辽阔，灵魂归隐寰宇
在荒芜的日子独自失眠或者时常梦游
瞌睡也是暂时的精神疗法，时光休克
心情，像沉寂多年的中药味道散落一地

假 设

如果可以，一切事物都能够用来假设
一个曾经的假设撞上另一个
或者一曾经的诺言相遇另一个
灵魂的复原是不是可以替代或者重来？

不一定。一切的一切都是未知的假设
流经人间的一条河流，重量是轻
或者是重，装满雨水的天空无法衡量
只能假设，在一条河流的河床翻阅流影

看看河水奔涌而来，又奔流而去
之后就是永远消失，重量是轻或者是重
一条河流休克在没有答案的谜面
一种痛苦习惯了原谅风湿的荒唐

让一个假设遇上充满生机活力的另一个
假设，在人间扑朔迷离的万事万物
寻求谜底，一付能够摁住风湿疼痛的中药
必然承受了一条河流的枯萎，把信仰留住

隐　忍

哮喘如同一场马拉松式的噩梦
被一种发明于英国伦敦的西药撞碎
呼吸稍微顺畅一点。季节的变换
突然成就了平静的心情，释怀人间荒芜

很早以前想说的话，被一口痰堵在喉咙
吐不出来，也咽不下去，没有人懂的焦躁
很多中药（西药也有）伸出双手
拿捏不住沦落于半夜三更的咳嗽

冷暖交接的温度，胸口被堵得惊慌失措
粗气小气也是惊慌失措的，急躁不安
时光也是惊慌失措。只有一股莫名的疼痛
透过虚无缥缈，急匆匆地落在心坎上

灵魂被一朵云代替，正是曾经拽在手上的
那朵云飘过天空。一匹马驮起云朵摇摇欲坠
悬挂着喉咙有限的辽阔，哮喘还在延续
隐忍疼痛，走不出一朵云围堵的瘦小年月

后　记

　　经过近两年来的努力，终于让自己的业余生活有了一个比较满意的交代。像我这种从事行政工作的上班族，平时事务繁杂，个人拿捏的时间有限，在杂乱无章的生活中，能够游刃于业余时间的夹缝里做一些自己感兴趣的事情实属不易，尤其是我已经快要退休了，时间和精力都显得更加难能可贵。但无论如何艰难，既然选择了，我就要坚持坚持再坚持，给自己的生命历程增添一丁点异样的色彩。于是，就有了这本小册子降落人间。至于其中的好与不好那就另当别论了，而且这种好与不好也不应该由我说了算，还是把这些可以称得上是"诗歌"的文字交给读者以及时间去言说吧。

　　这本诗集的书名我想了很久，也更换了好几个，最后选定《青瓦诀》也是一种偶然，就是因为书中有一首诗的题目叫《旧瓦片》，让我最终拿定主意。但书名的"青瓦"，象征着一些岁月沉淀的东西：物品、情感、亲人、病痛以及其他一些人间事物。这些东西在现实生活中虽然已经流逝或正走在流逝的路上，但对于我却充满着沉甸甸的历史感，无论喜或悲，也无论乐或愁，每一样都能让我难以忘怀。至于"诀"，我取该字释义中的"告别""分别"，但从情感上来讲又不完全是决绝。在感情表达的"诀"当中又蕴含些许"藕断丝连"或"欲罢不能"的味道。因为自己曾经使用过的器物、曾经经历过的往事或曾经承受过的伤痛

（包括肉体与心灵），现在虽然不再使用、不再经历或不再承受了，但这些曾经的事物所带来的情感依然留存在我的灵魂深处，永远无法褪去。所以，这样的书名才能真正概括这本诗集所孕育的诗情以及我个人的心愿。

《青瓦诀》是我对一些消逝或正在消逝于岁月里的旧器物的眷恋，对一些刻骨铭心的往事的回忆，对一些亲人离世以及一些病痛折磨的忌惮。其中的一幅幅画面，回想起来依然历历在目，记忆犹新。那是一段段记忆中的美好，也是一种刻骨铭心的情感寄托。每一首诗都承载着我对故土、亲人、病痛以及人间万物的深情厚意。诗集分为三辑，总共收录我近两年来所写的171首诗歌，主要是通过一些事或物来表达自己的思想感情以及展示自己这些年来的生活所得。第一辑"旧器物"，以一些已经被时光淘汰了或正在被淘汰的旧器物作为诗歌意象，还原一个时代的情感和生活意义；第二辑"忆过往"，通过回想过去的一些人、事、物、心情或经历，以此诗意揭示个人内心体验；第三辑"那些痛"，通过自己、亲人以及社会变迁带来的人和心灵对撞的情感书写，表达自己对生活与人情世故的感悟。

诗歌创作对于这把年纪的我来讲，已经属于后知后觉了，且年轻人仅有的那种冲动在我身上已不复存在。只是随着年龄增长，我对事物的评判更加透彻一些，就像那些旧器物、那些过往以及那些疼痛，让我对人情世故与生命的理解更加深刻，在诗歌的表达上更加冷静与深邃。我感谢那些陪伴我走过生命征途的日子，让我经历了生活的磨难与历练，也明白了生活的美好来之不易。在这个快速发展的时代，只有诗歌能让我保持一颗平静的心，让我放慢生活的脚步，去欣赏那些被岁月遗忘的角落。那里有旧器物的身影、有过往的痕迹、有我心灵的伤痛，也有我曾经的美好与梦想。

我常常想，那些已经消逝或正在消逝于岁月深处的旧器物，它们曾经与我亲如肌肤，既然这个时代无法将它们挽留，那么趁着它们的背影尚未遥不可及，还在人间保有温度的痕迹，我就用一颗赤诚的诗心，尝试着将它们保存在一个时代永不褪色的记忆里。那些过往、那些疼痛，曾经与我也是刻骨铭心的，随着我的终老甚至死亡，它们终将化作历史的尘埃，与我一起埋进这片辽阔的土地，永远消失于人间。所以，趁着我还能回想或还能用笔记录，我就用一颗赤诚的诗心，尝试着将它们保存在我诗意的世界里。如此给读者或后人留下一些生活的印记，也算我降落人间终其一生而了无遗憾。

我希望《青瓦诀》能够引导读者像我一样，回到那一段充满诗情画意的时光。诗集中收录的诗歌描绘了一个时代人的生活、情感和思想，让读者仿佛置身于那个充满诗意的世界之中。在纷繁复杂的世界里，我时常会感觉到心身焦虑与疲惫，而诗歌创作却能够让我找到一份宁静与安详。每当创作灵感降临，我就沉浸在那些诗意的文字及其描绘的景象里，暂时忘记现实生活中的烦恼和压力，让我的心灵得到一份安宁和抚慰。

诗歌让我怀着一颗平和的心珍惜那些美好的记忆。《青瓦诀》有我对大自然的赞美、对往事的回忆、对友情的感慨、对病痛的忌惮……这些情感都是我生活中不可或缺的一部分。当我酝酿这些诗歌时，就会情不自禁地回想起自己曾经经历过的种种生活，感受到那些曾经带给我的感动和启示。在浮躁的社会中，一个人往往容易忽略自己内心的声音。而诗歌却能够让我静下心来，聆听自己内心的声音，从而找到自己真正的想法和追求。当我能够在诗歌中找到自己心灵的归宿，让自己的精神世界得到满足，也促使我怀着一颗平和的心珍惜那些美好的记忆。无论是在忙碌的工作中，还是在闲暇的时光里，但愿《青瓦诀》能够成为一份心灵的寄托，陪伴读者走过人生的每一个阶段。

写了那么多，就是想让有缘的读者在阅读《青瓦诀》的时候，能从我的生活经历以及创作背景和创作意图中更好地理解我的诗歌。但愿这份对那些旧器物、那些过往、那些疼痛的情感能在浮躁的社会中化作一缕清风，拂过读者的心田，让读者在忙碌的生活中找到片刻的宁静，这样我就心满意足了。

如是，《青瓦诀》就会像我所经历的那些旧器物、那些过往以及那些疼痛一样，让我此生难以忘却。

郭金世

2024 年 10 月于南宁·相思湖畔